Jochen Jung : Täglich Fieber

Jochen Jung

TÄGLICH FIEBER

Erzählungen

Haymon

Umschlag: Walter Pichler

Bibliografische Information:
Die Deutsche Bibliothek verzeichnet diese Publikation in der
Deutschen Nationalbibliografie; detaillierte bibliografische Daten
sind im Internet über http://dnb.ddb.de abrufbar.

© Haymon-Verlag, Innsbruck 2003
Alle Rechte vorbehalten
www.haymonverlag.at

Satz: Haymon-Verlag
Druck und Bindearbeit: Druckerei Theiss GmbH, 9431 St. Stefan
ISBN 3-85218-430-4

Inhalt

„In wessen Leben ging nicht einmal das wunderbare,
in tiefster Brust bewahrte Geheimnis der Liebe auf."

E. T. A. H.

Der Auftrag

Es war wirklich nicht das, was er sich unter dem
üblichen Montagnachmittagaprilwetter vorstellte. Für
ihn war Montagnachmittagaprilwetter eine ganz eigene
Mischung von Frische, Sonne und Wolken, und wenn
Regen kam, dann wußte man auch schon, daß er im
Handumdrehen wieder vorüber sein würde. Er wußte
das jedenfalls, und obwohl er auch wußte, was man so
normalerweise unter Aprilwetter verstand, und auch,
daß es dem ziemlich ähnlich war, was er sich unter
Montagnachmittagaprilwetter vorstellte, hatte er doch
die klare Überzeugung, daß seine Wettererwartungen
auf Erfahrung beruhten und nicht auf Sprichwörtern.
Er hatte es einfach schon zu oft erlebt. Aber eben nicht
heute, heute nicht.

Heute war der Himmel grau, und die Mauer, auf die er
nun schon seit mehr als einer Stunde blickte, diese
Mauer war jetzt dunkelgrau und glänzte von dem nie-
selnden Regen, der seit einer Stunde seine einzige Ab-
wechslung war. Niemand war gekommen, niemand jedenfalls, der jener auch nur ein wenig ähnlich gesehen
hätte, die da hätte kommen sollen, niemand. Also saß
er auf dieser Sparkassenbank und schnitzte mit einem
kleinen Taschenmesser an einem festeren Zweig herum,
es sah so aus, als würde er ihn spitzen wie einen Bleistift,
aber es sah nur so aus, in Wirklichkeit hatte er ihn bloß
Millimeter um Millimeter kürzer gemacht.

Er würde sein Geld nie auf eine Sparkasse bringen. Spar-
kassen waren keine Bank, und richtiges Geld gehörte

auf eine Bank. Er hatte bei dem Wort Sparkasse immer schon die Vorstellung gehabt, daß da hinter den Schaltern eine Wäscheleine aufgespannt sei, an der jeder Kunde seinen ganz persönlichen Sparstrumpf hängen hatte, und kaum einer davon sah wirklich gestopft aus. Er war sich auch ganz sicher, daß eine richtige Bank niemals so etwas Lächerliches wie eine Parkbank stiften würde, alles was recht war. Andererseits war er vor einer guten Stunde doch ganz froh gewesen, daß da jemand diese Bank aufgestellt hatte, und vor allem, daß er sie unter diesen Busch gestellt hatte, von dem er sich den Zweig abgeschnitten hatte, an dem er nun schon die längste Zeit herumschnitzte.

Zwischen seinen Füßen hatte sich schon ein unregelmäßiger kleiner Haufen heller Holzflocken angesammelt. Jedesmal, wenn sein Blick zur Mauer schnellte und sofort wieder zurückkehrte, sah er dieses Häufchen, das – plötzlich fiel ihm das ein – schon morgen das einzige sein würde, was als Zeichen gelesen werden könnte, daß da jemand gesessen war, eine Weile lang. Und weil er genau das nicht wollte, begann er die Flocken einzusammeln, erst mit vier Fingern auf einmal, soviel er greifen konnte, dann Stück um Stück, jedes einzeln, bis nichts mehr zu sehen und alles in seiner Manteltasche verschwunden war.

Kurz darauf durchfuhr ihn etwas, das ihm später als eine Art kleiner schwarzer Blitz in Erinnerung blieb, eine kurze schlagartige und schmerzhafte Auslöschung, an der nichts Erleichterndes war. Tatsächlich hatte er einen Augenblick das Gefühl, daß das jetzt sein erster Infarkt war, obwohl er doch die ganze Zeit wußte, daß nicht mehr passiert war, als daß er sich mit seinem Taschenmesser in den Mittelfinger geschnitten hatte, und nicht einmal sehr tief.

Der Schmerz ließ ebenso wie die kurze Verwirrung in seinem Kopf nach, wie ein Krampf, und machte einem Gefühl der Beleidigung Platz. Ich habe das nicht verdient, dachte er, ich habe das wirklich nicht verdient. Und noch während er nach seinem Taschentuch fingerte – zum Glück hatte die linke Hand den Schnitt –, hörte er sich tatsächlich diesen Satz aussprechen: Nein, ich habe das nicht verdient.

Da sah er das Kind. Ein Junge, zehn oder elf Jahre alt, schwarze gesteppte Jacke, Jeans und jene Art Schuhe, die jeden Fuß wie einen Alien aussehen ließen. Auf dem Rücken hatte er den Schulrucksack, auch er schwarz. Die Hände steckten in den Jackentaschen.

Der Junge ging langsam, und er ging an sich geradeaus, nicht zielgerichtet, auch nicht suchend, eher wie eines der Tiere, die im Zoo einen kleinen Auslauf haben. Er blickte beim Gehen mehr oder weniger auf den Boden, aber auch das nicht suchend, auch das eher wie ein Zootier, das sich für die Freßreste vom Morgen nicht mehr interessiert. Und schaute dann doch auf, und der im Mantel wußte sofort, daß das Kind ihn gesehen hatte.

Noch einmal, während die Rechte heftiger das Taschentuch an die Wunde der Linken preßte, noch einmal durchfuhr ihn etwas, als wäre sein Körper für den Bruchteil einer Sekunde nur Hitze, sonst nichts –: er sah gleichsam vor sich eine Gruppe erwartungsvoll munterer Kinder zur Schule gehen, und dann sah er diesen Jungen (oder einen anderen?) von dort zurückkehren, der Rucksack nunmehr eine Last und das Zuhause offensichtlich nicht das, wo man hinwollte.

Er ließ sich gehen und verhedderte sich darin, er kannte das. Und wie immer in solchen Situationen zog es seine Rechte mit einem raschen Griff zum Terminkalender, den er auch jetzt verläßlich in der linken Brusttasche spürte. Das Taschentuch war zu Boden gefallen, fleckig lag es dort, und nachdem er es aufgehoben hatte, zeigte ihm ein neuerlicher Blick zur Mauer, nach drüben, daß das Kind nicht mehr da war. Es mußte im Haus verschwunden sein, hinter der dunkel glänzenden Mauer. Es würde jetzt sicher zu Mittag essen, seine Mutter würde ihm etwas hinstellen, Lauwarmes, dann würde sie sich dazusetzen und die täglichen, alltäglichen Fragen stellen und bei den Antworten nur halb hinhören, wie das eben so war. Später würde sie abräumen, noch ein wenig in der Küche hantieren und dann erst – er hatte also noch etwas Zeit. Auf dem Weg hierher war ihm eine Apotheke aufgefallen, zu Fuß sicher nur wenige Minuten.

Er stand auf, ging um die Parkbank herum – noch einmal fiel ihm das *Gestiftet von ...*-Täfelchen auf – und dann in einem Bogen auf einem der Sandwege hinüber zur Hauptstraße. Wirklich war er in kurzer Zeit bei der Apotheke, warf sich geradezu gegen die gläserne Eingangstür und schlug, da sie seiner Ungeduld einfach nicht nachgab, mit der Stirn derart gegen die eisenharte Scheibe, daß die Haut, wenn auch nur an einer kleinen Stelle, riß. Die Apotheke, las er jetzt, hatte bis 14.30 Uhr Mittagspause.

Ein Blick auf seine Uhr sagte ihm, daß es jetzt 14.29 war, man also gleich öffnen würde. Fluchen würde das nicht beschleunigen, aber das Pochen hinter der Stirn oder vielmehr auf ihr, gegen die er nun die mit dem fleckigen Taschentuch umwickelte Hand drückte, war überhaupt nur durch Fluchen zu übertönen.

Der Laden war schätzungsweise aus den sechziger Jahren, vielleicht auch aus den Siebzigern, er war im Schätzen von so etwas nicht sehr gut. Die Tür hatte einen eloxierten Handlauf, der etwa in Brusthöhe ansetzte und schräg bis zur Unterkante lief, wobei er in Griffhöhe eine geriffelte Verdickung anzeigte, wo man hinzugreifen hatte. Tatsächlich lag seine Hand dort immer noch, als er im Inneren des Ladens jemanden in weißem Mantel auf die Tür zukommen sah. Es war eine hübsche, vielleicht vierzigjährige Frau, und erst als diese die Verriegelung löste, ließ auch er den Griff los.

Kaum daß die Tür einen Spalt offen war, drängte er sich wie mit Gewalt hinein, als müsse er fürchten, daß die Tür sofort wieder geschlossen würde. Die Apothekerin ließ ihn denn auch nicht aus den Augen – er sah sogleich, daß er irgend etwas falsch machte –, während sie sich hinter die Verkaufstheke begab, und erst als sie ihm genau gegenüberstand, erkundigte sie sich nach seinem Wunsch. Ein Pflaster, stieß er hervor, ein Pflaster, und hob ihr, als sei ein Beweis nötig, seine unansehnlich umwickelte Hand so entgegen, als hinge ein Kiloklotz daran. Stumm griff die Frau in eine Lade hinter sich und legte die Packung dann auf ein bunt bedrucktes Plastiktuch zwischen ihnen.

Ich brauche nur eines, sagte der Mann, aber die Apothekerin antwortete ihm mit bestimmter Stimme, es gebe Pflaster nur in Mehrfachpackungen, und diese sei eh die kleinste, aber auch sie enthalte Pflaster unterschiedlicher Größe, je nach Wunde. Er brauche dennoch nur eines, beeilte sich der Mann noch einmal einzuwerfen und hob neuerlich die Linke. Mindestens zwei, entgegnete daraufhin die Frau und deutete mit ebenfalls erhobenem Zeigefinger auf die Stirn.

Er trat kurz zurück, um in dem über einer Stehwaage angebrachten Spiegel seine zweite Wunde zu prüfen, und entdeckte erst ein vielleicht zwei Zentimeter langes geronnenes Gerinnsel, dann die kleine Platzwunde und, nahezu gleichzeitig, die Beule. Ich nehme das Ganze, brachte er nun hervor, zupfte einen Schein aus einem Bündel, streifte das Wechselgeld ein, mit dem die Apothekerin sich, wie ihm schien, viel Zeit ließ, und steckte die Packung wortlos in die Manteltasche. Beim Hinausgehen drückte er zunächst die Tür neuerlich ergebnislos gegen den Türrahmen, bis er sich erinnerte, daß sie nach innen aufging. Ein knapper Blick zurück bestätigte ihm, was er befürchtet hatte: Die Frau lächelte. Sie war wirklich hübsch.

Er nahm denselben Weg zurück, beide Hände in den Manteltaschen. Der einzige, der ihm begegnete, war ein alter, sehr alter Mann, der ein dackelähnliches Tier an der Leine führte. Über das stolperte der Alte gerade in dem Augenblick, als er ihn sah, zum Glück, ohne zu fallen. Der Anblick war zwar lächerlich, ihm aber auf seltsame Weise peinlich, und er schaute nicht wieder hin. Er ging jetzt quer über den Rasen auf seine Bank zu. Ein gutes Stück jedenfalls, dann brachte ihn eine Art schlechtes Gewissen wieder auf den richtigen Weg zurück.

In diesem Moment geschah einiges gleichzeitig, das er lieber sortiert gehabt hätte: Gerade als er im Begriff war, sich zu setzen, er die rechte Hand mit der Pflasterpakkung aus der Manteltasche zog und die linke ebenso, wobei das blutbefleckte Tuch in der engen Tasche hängenblieb und dabei die kleine Kruste, mit der es an der Hand klebte, schmerzhaft abriß, gerade da sah er den Alten mit dem wurstförmigen Hund auf ihn zusteuern, sah aber zugleich, wie auf der anderen Seite eine Frau im Regenmantel und mit Schirm an der immer noch dunkelgrauen Mauer entlangging, und das war natürlich nicht irgendeine Frau in irgendeinem Regenmantel vor irgendeiner dunklen Mauer, sondern das war ganz ohne Frage die, derenwegen er an diesem Montagnachmittag überhaupt hier war, verdammt noch mal.

Es gelang ihm nicht mehr, sich abzubremsen. Er saß und wußte, als er sich sozusagen kehrtwendend wieder erhob, daß er nunmehr ein Gutteil der Banknässe im Mantel hatte. Reflexartig klopfte er sich rücklings ab, freilich mit der Hand, deren kleine, aber gerade sehr gegenwärtige Wunde ihn mit ihrem Schmerz mindestens halb ausfüllte. Die andere Hälfte vergaß nun den Alten wie auf Befehl – ja, es war eine Art Befehl –, vergaß den Regen, der zugenommen hatte, und vergaß nun auch die schmerzende Hälfte: Er hatte, und das war jetzt klarer in seinem Kopf als irgend etwas seit langem, einen Auftrag.

Und dieser Auftrag war soeben dabei, auf dem kürzeren Weg um die Mauer herum- und auf die Hauptstraße zuzusteuern, demnächst aus seinem Gesichtsfeld, er mußte handeln. Den Anruf, den er versprochen hatte, verschob er, mußte er verschieben. Jetzt galt es, auf der Spur zu bleiben. Zum Glück funktionierten bei ihm ja auch noch andere Reflexe. Er war bereits ein gutes Stück hinter ihr her, beide Hände wieder in den Manteltaschen vergraben und mit einem heftigen Kopfschütteln die Regentropfen aus den Augenbrauen schleudernd. Ja, er war entschlossen. Und er würde nichts falsch machen.

Er beeilte sich also, ihr zu folgen, in vernünftigem Abstand, und da die Straße breit und der Gehsteig nicht übermäßig belebt war, verlor er sie weder aus den Augen, noch mußte er fürchten, ihr aufzufallen. Als hätte er in dieser Situation den Kopf dafür, versuchte er gerade herauszufinden, ob die beiden auf der anderen Straßenseite zwillinghaft nebeneinanderstehenden Telefonhäuschen besetzt seien, als ihn ein dumpfer Schlag an der rechten Schulter um nahezu hundertzwanzig Grad nach rechts drehte und er also nicht umhinkonnte, den Mast eines Verkehrszeichens *Abbiegen verboten* als Ursache auszumachen. Was auch immer, eine Entschuldigung innezuhalten konnte das kaum sein, zumal sich die Frau, der seine ganze Aufmerksamkeit zu gelten hatte, mit ziemlichem Tempo durch den Regen bewegte. Und plötzlich stehenblieb. Hatte sie etwas vergessen, was ihr jetzt erst einfiel? Sah sie etwas, was er nicht sah? Ihn zum Beispiel?

Sie war nicht die einzige, die ausgerechnet an dieser Stelle stehengeblieben war, und der Grund näherte sich auch schon, langsamer werdend, neben ihm: der Bus. Der hielt, sie stieg ein, andere, die gewartet hatten, ebenfalls, und dann auch er. Allerdings, aufgeregt, wie er anscheinend war – sinnlos, es abzustreiten –, war er beim Einsteigen offenbar von einer vierten Stufe ausgegangen, die es freilich nicht gab, so daß er ins Leere und dann um so heftiger auftrat – zum Glück hatte außer seinem Knie niemand etwas bemerkt.

Seine Aufregung mochte auch damit zu tun haben, daß er schon seit Jahren nicht mehr Bus gefahren war, was, wie er nun sah, auch bedeutete, daß da weit und breit kein Schaffner – falls die heute noch so hießen – zu sehen war, bei dem er einen ordnungsgemäßen Fahrschein hätte erwerben können. Schließlich hatte er sich vorgenommen, alles richtig zu machen. Er sah daher nicht ohne Wehmut, wie die Frau ihren Fahrschein, den sie einfach aus ihrer Manteltasche gezogen hatte, in einen kleinen roten Automaten steckte, der sich mit einem freundlichen Bing dafür zu bedanken schien.

Er nestelte zunächst auch in seinen Taschen herum, um das Suchen eines Fahrscheins vorzutäuschen, aber zum einen fand er dort außer einem gebrauchten Taschentuch, einer Pappschachtel und den Holzflocken, von denen sich eine gleich unter den Nagel des Mittelfingers schieben wollte, nichts, und zum andern war ihm rasch klargeworden, daß niemand auf ihn achtete. Er blieb daher einfach in der Nähe der Tür stehen, und erst als er sich ein wenig umsah und feststellen mußte, daß ein Kind unmittelbar neben ihm unentwegt auf seine Stirn starrte, setzte er sich auf einen Sitzplatz, von dem aus er die Frau gut im Blick hatte.

Der Versuch, sich in der Fensterscheibe zu spiegeln, um neuerlich einen Begriff von seiner Stirnwunde und -beule zu bekommen, bescherte ihm nur eine unscharfe

Kontur, hinter der der Gegenverkehr vorüberzog. Aber nun war endlich Gelegenheit, die Fingerwunde zu versorgen. Er holte daher seine Pflasterpackung hervor, und es gelang ihm zu seinem eigenen Erstaunen relativ leicht, die an sich festsitzende Zellophanhülle zu entfernen. Er fingerte eines der Pflaster heraus, das wiederum seine eigene Verpackung hatte, die auch entfernt werden wollte, und erst als er die eine klebende Hälfte des Pflasters schon angedrückt hatte, wurde ihm klar, daß dieses Pflaster entschieden zu klein für seinen Schnitt war, oder wenn auch nicht entschieden, so doch eindeutig. Bei dem Versuch, ein zweites Pflaster hervorzuholen, fielen ihm zwei oder drei – genau konnte er das nicht erkennen – heraus und auf den Boden. Er ließ sie liegen – warum eigentlich fühlte er sich ständig beobachtet? – und tat so, als sei nichts passiert. Diesmal fand er auf Anhieb die richtige Größe, produzierte allerdings auf beiden Seiten des Pflasters Falten. Aber es klebte, und gleich hatte er das Gefühl, daß der Schmerz deutlich nachließ.

Der am Finger. Der an der Stirn hingegen, die nun endgültig – das wußte er, auch ohne hinzugreifen (er scheute sich davor) – eine für jedermann sichtbare Beule zeigte, nahm nicht nur zu, sondern breitete sich vor allem aus, und zwar nach hinten, in die uneinsehbaren Hirnregionen. Kopfschmerzen, das war hier sicher der falsche Begriff.

Etwas drückte ihm das Kreuz durch: ohne Frage die Knie seines Hintermannes. Aber er war dafür nicht undankbar, denn es machte ihm schlagartig klar, daß er sich schon allzulange mit sich und nichts als sich beschäftigt hatte, und er – mußte er sich das wirklich noch einmal sagen? –, er war hier nicht das Thema.

Und das, das Thema, die Frau, schien Anstalten zu machen auszusteigen. Sie war aufgestanden und hielt sich nun an einer der Haltestangen am mittleren Ausgang. Sie schaute nicht um sich, nur durch die Türscheibe nach draußen, und zwar nach draußen unten. Sie sah melancholisch aus, fand er. Sekunden, bevor der Bus hielt, drehte sie sich doch kurz in seine Richtung um. Es war nicht zu verkennen: sie lächelte.

Als der Bus stand, die Türen sich öffneten und die Frau ausstieg, blieb er zunächst stehen, weil er auf keinen Fall den Eindruck erwecken wollte, daß er ihr folgte. Er war ihr sowieso schon zu nahe gekommen, hatte über ihrem Mantelkragen das obere Stück ihres Halses gesehen. Es schien ihm unerlaubt, sozusagen, gleichsam unprofessionell.

In dem Moment, als er ihr dann doch folgen wollte, schlossen sich die Türen wieder – fast, aber nur fast hätte er sich den Arm eingeklemmt –, so daß er den Fahrer unangenehm laut bitten mußte, noch einmal zu öffnen, was auch umgehend geschah.

Die Frau war ihm nun voraus, und er beeilte sich, ihr aus angemessener Entfernung die jetzt steil ansteigende Straße entlang zu folgen. Er kannte die Gegend kaum, eigentlich nur vom Studium der Stadtpläne her, die auf den Hauptplätzen und vor dem Bahnhof aufgestellt waren. Während die Straße die Kuppe erreichte und von da an wieder abfiel, gab es eine kleine Sequenz, in der er erst nur noch ihren Kopf sah, dann nichts mehr, dann wieder ihren Kopf und dann sie, die rasch in eine Tür getreten war, rascher, als er achtgeben konnte, um welche der zwei, drei sehr ähnlichen Türen es sich handelte.

Eine davon war's, und durch die würde sie irgendwann wieder herauskommen, das war sicher, und während er sich sagen hörte: Das habe ich verdient, das habe ich verdient, zweimal, entdeckte er gleichzeitig auf der gegenüberliegenden Seite ein Café, oder doch wenigstens eine Art Café.

Als er eintrat, wurde ihm fast schlecht: Die Luft hatte etwas geradezu Museales und paßte somit zur düsteren Einrichtung, die ihn sekundenlang an die Küche seiner Eltern erinnerte. Außer einer Frau etwa seines Alters (idiotischerweise ging ihm das Wort *Gunstgewerblerin* durch den Kopf, und er brachte sie nur schwer aus der elterlichen Küche wieder heraus) war nur der Wirt hinterm Tresen da, auch er ungefähr seines Alters, aber so dick wie die beiden Gäste zusammen. Beim Versuch, sich an den kleinen quadratischen Tisch neben dem Fenster zu setzen, stieß er sich an der Tischecke derart unglücklich eine seiner beiden Hoden, daß ihm, wie heute schon einmal, für einen Moment schwarz vor Augen wurde und er sich auf die kissenbelegte Bank mehr niederkrümmte als -setzte.

Was er sah, als er wieder sehen konnte, war der Wirt, den er gern um einen doppelten Cognac gebeten hätte. Er bat dann um eine Tasse Kaffee, erfuhr, daß die Kaffeemaschine kaputt war – heute morgen ging sie noch, meinte der Wirt, als ob das irgend jemanden interessieren könnte –, und bestellte einen doppelten Cognac. Während er darauf wartete und der Schmerz in seiner Hode allmählich nachließ, visierte er durch die grauen Stores die gegenüberliegende Straßenseite und stellte zu seiner Beruhigung fest, daß ihm eigentlich nichts entgehen konnte, wenn er sich nicht ablenken ließ.

Das Päckchen Zigaretten, das er dann aus seiner Manteltasche holte, entpuppte sich als die Pflasterpackung. Er wäre jetzt gern in die Toilette gegangen, zum einen sowieso, zum andern aber, um endlich seine Stirn genauer zu untersuchen. Aber natürlich könnte die Frau gerade in den zwei Minuten aus einer der Türen kommen, und er begann darüber nachzudenken, ob Cognac eigentlich harntreibend war. Aber ohne das Ergebnis dieser Überlegungen abzuwarten, geschweige denn, es mit seiner derzeitigen Aufgabe und deren Bedingungen abzugleichen, nahm er das Glas, sobald es vor ihm stand, kippte es und bestellte umgehend ein zweites, obwohl in dem Geschrei, das jetzt in seinem Kopf losging, die Stimme, die ihm sagte: Laß das, du Schwein, nicht die leiseste war. Er zahlte sofort, als das zweite Glas kam, rührte es dann aber nicht an und stand auch nicht auf. Er erstarrte vielmehr. Hatte da jemand tatsächlich *Du Schwein* gesagt, zu ihm?

Und während er weiterhin die gegenüberliegende Straßenseite im Blick hatte, sah er die Frau, die jetzt in einem dieser Häuser war, in einem großen Zimmer, in dem nichts als ein großes Bett stand und ein großer Spiegel an der Wand hing, ihren Mantel ausziehen, dann in einem Zug den Pullover. Kurz darauf fiel der Rock. So stand sie nun hinter der Fenstergardine und sah zu ihm hinunter.

Ruckartig schreckte er auf, machte dabei eine Bewegung, die ungeschickt nur deshalb zu nennen war, weil er dabei das volle Cognacglas umstieß, und zwar so, daß die Flüssigkeit direkt auf seinen Oberschenkel floß. Er stand sofort auf, und wieder stieß er mit der Tischkante, gleichsam als sei es Absicht, wenn auch nicht seine, schmerzhaft eine Hode, wobei im unklaren bleiben mußte, ob es dieselbe wie vorhin war oder deren Schwester.

Draußen vor der Tür hob er sich allmählich wieder aus seiner gekrümmten Haltung, wedelte mit dem Mantel vor seinem Oberschenkel – weniger um den Schmerz zu vertreiben, als vielmehr um den nassen Fleck und dessen unsäglichen Fuselgeruch loszuwerden.

Er haßte die Frau. Oder er liebte sie. Wie wollte er das jetzt noch unterscheiden? Und welchen Sinn machte solche Unterscheidung überhaupt? Er stand da, immer noch vor der Tür des Cafés, und er hörte die Autos, die in unregelmäßigem Abstand, aber mit gleichmäßigem Tempo an ihm vorüberfuhren, eigentlich ohne sie zu sehen, und er hörte noch etwas, und obwohl es ganz klar war, brauchte er ziemlich lange, bis er wußte, *wußte*, daß das Klaviermusik war, die da aus einem der Fenster auf der anderen Seite herüberdrang, ein wenig unbeholfene Klaviermusik, die anscheinend immer wieder neu ansetzte, ein bestimmtes Motiv, das er unbewußt und vergeblich zugleich sich einzuprägen versuchte.

Ein Bus fuhr an ihm vorüber, dieselbe Linie, mit der er hergekommen war. Für einen Augenblick glaubte er hinter einem der Fenster den Jungen zu erkennen, glaubte sogar, den Rucksack auf seinen Knien ausmachen zu können. Er sah ihm nach, überquerte dann die Straße und ging zurück bis zur Haltestelle, die der gegenüberlag, an der er ausgestiegen war.

Diesmal löste er eine Fahrkarte.

Das zweite

Sein Blick; es war sein Blick, der sie geweckt hatte, sie hatte das sofort gespürt. Sie brauchte sich da gar nicht umzudrehen, und sie wollte es auch nicht. Außerdem hörte sie es an seinen Atemzügen, das war nicht der Atem eines Schlafenden. Und ihr Atmen? Sie blieb ganz ruhig und hielt ihre Augen geschlossen, aber er hatte seine jetzt sicher offen und sah in ihr wirres Haar.

Und auf ihre nackte Schulter. Es war die linke, und dort waren ihre beiden kleinen Impfnarben. Sie selbst mochte sie, aber sie hatte es nicht gern, wenn andere die Narben sahen, nicht jedenfalls, wenn sie nackt war. Sie konnte das auch nicht erklären; im Sommer trug sie ja oft Ärmelloses, von den Badeanzügen ganz zu schweigen, aber in einer Situation wie dieser –

Was für eine Situation war das denn? Eine ganz normale, war sie versucht zu sagen, rief sich aber gleichsam auf der Stelle zur Ordnung. Nein, normal sicher nicht, aber es war oft genug vorgekommen, sie kannte sich damit im Grunde ganz gut aus. Bei sich freilich, in der eigenen Wohnung, schickte sie die Herren in der Regel vor dem endgültigen Einschlafen nach Hause oder ging selbst, wenn sie mit jemandem die halbe Nacht verbracht hatte. Sie schätzte das gemeinsame Aufwachen mit Halbvertrauten wenig: wenn es gelungen gewesen war, spürten am nächsten Morgen meist beide, daß der Schwung über Nacht nachgelassen hatte und man oft genug mit einem nahezu Unbekannten neuerlich Bekanntschaft schließen mußte, diesmal allerdings weniger freiwillig. Und war die Nacht nicht gelungen… Eben.

Sie seufzte. Und merkte sogleich, wie nebenan der Kopf gehoben wurde, aber wieder blieb sie ganz ruhig und atmete gleichmäßig weiter.

Doch, die Nacht war, solange sie noch wach war, ziemlich gut gewesen, oh ja. Sie kannten die Stadt beide nicht, waren bei demselben Festival, im selben Hotel usw. Sie hatten sich schließlich für sein Zimmer entschieden, sie wußte nicht mehr, wieso. Und offensichtlich war sie später plötzlich eingeschlafen und deshalb geblieben.

Er hatte ihr gefallen, gleich, und umgekehrt – das hatte er jedenfalls behauptet – war es genauso. Na ja, gestern abend waren ihr solche Details noch ziemlich egal gewesen. Aber in den wenigen Minuten, die sie hinterher noch in seinen Armen gelegen war (er hielt sie sehr fest, aber das war ihr auch recht gewesen), waren ihr ein paar Töne in den Kopf gekommen, fis e fis gis, das wußte sie und auch, daß *zart und innig* darunter stand. Ein Streichquartett? Und wieder bewegte sich das Motiv in ihrem Kopf und von dort, wie ihr schien, durch den ganzen Körper.

Fast wäre sie wieder eingeschlafen. Da stand er auf, so leise, daß es nicht zu überhören war. Und natürlich blinzelte sie in dieser Sekunde und sah für einen Augenblick seine nackte Gestalt durch den Schrankspiegel gehen, Richtung Bad. Ihre Augen waren wieder zu, die Badtür wurde geöffnet und wieder zugezogen, und ihre Augen waren offen, sperrangelweit. Erstens: wenn es im Januar schon so hell war, wie spät war es dann jetzt? Und zweitens: das war es, was da nun anfing, die Morgentoilette hinter dünnen Türen und Trennwänden, in solchen Sekunden wußte sie, warum sie erster Klasse fuhr, warum sie Make-up trug (mein Gott, wie mochte sie aussehen), und vor allem, warum sie es vorzog, allein zu leben. Das und sonst nichts war sie gewöhnt, und sie wußte wirklich, warum.

Sie lag jetzt auf dem Rücken und starrte – in diesem Moment rauschte die Spülung auf – wie in Panik an die Decke, bald darauf wurde die Badezimmertür geöffnet, und dann lehnte er dort am Türstock, mit gekreuzten Armen und übergeschlagenen Beinen, und schaute sie an. Und sie schaute ihn an, was sollte sie tun, und natürlich sah sie sofort, daß er – mußte das jetzt sein, sie hatten doch alles hinter sich –, daß er nicht nur nackt war (wie sie), mein Gott, nicht nur das, er schien eher etwas vorzuhaben. Da stand er eine Weile, schweigend, und nichts änderte sich.

Dann fing er an zu reden, und das ging sage und schreibe, ja schreibe, etwa so: „Das Bad ist jetzt frei, und wir sind es auch. Du hast deine erste Probe um elf, ich erst um eins, und jetzt ist es halb neun, Frühstück gibt es bis zehn. Wir hätten also noch eine Stunde, wenn wir wollen. Seit gestern nacht wissen unsere Körper viel mehr voneinander als unsere Augen, ist das gerecht? Deine Hände sind klug, das weiß ich, und dein Mund ist lustig. Gesummt, ja fast gesungen hast du zuletzt, und was das auch war, es war Musik für dich. Kann es das nicht auch für mich wer-", und in diesem Moment klingelte Gottseidank das Telefon, und sie hob, da es auf ihrer Seite stand, reflexhaft ab, und eine Stimme, die er nicht hören konnte, sagte ‚Ihr Weckruf‘, und sie sagte, gar nicht mehr panisch, sondern jetzt ganz freundlich ‚danke‘ und dann, während sie auflegte und zu ihm blickte und sah, daß es ihm wirklich ernst war, ‚bitte‘, und dabei schlug sie die Decke zurück und zeigte ihrer-

seits, jetzt fast lachend, ihre Neugier und wußte auf einmal, als er auf sie zukam, mit geradezu grundsätzlicher
Erleichterung: Zemlinsky. Das zweite.

Raps

Schneeglöckchen, Märzenbecher, Primeln, Flieder, Mohn und Margeriten. Auf nichts aber wartete sie Jahr für Jahr so verlangend wie auf den Raps. Oder richtiger: irgend etwas in ihr wartete darauf, denn tatsächlich hatte sie ihn immer vollkommen vergessen, und umso mehr traf es sie jedes Jahr, wenn sie wieder ihr erstes Rapsfeld sah. Gelb, das war ja schon vorher die wiesenbeherrschende Farbe gewesen, Löwenzahn, Hahnenfuß, und Gelb war für das, was ein Rapsfeld ausmachte, ein völlig unzulängliches Wort. Für diese Farbe gab es eigentlich gar keine Entsprechung in der Sprache, und wenn schon, dann waren es doch eher Wörter wie prachtvoll, Gestirn, Atemlosigkeit. Sie sah diese leuchtende Fläche, und sie wußte wieder, daß sie nie aufgeben würde. Und sie wußte auch, daß es da immer etwas geben würde, das an ihrer Seite war.

Vielleicht fuhr sie jetzt eine Spur zu schnell: das letzte Schild, das sie gesehen hatte, schrieb 80 km vor, aber war sie nicht inzwischen durch eine kleine Ortschaft gefahren? Sie nahm den Fuß kurz vom Gaspedal, war aber bald schon wieder bei 110.

Und blieb dort: die Straße war fast gerade, es gab wenig Verkehr, und vor allem hatte sie nun schon das dritte Rapsfeld entdeckt. Selbst unter diesem bedeckten Junihimmel: Was für ein Leuchten! Was für ein Versprechen! Sie würde, sobald sie zu Hause war, eine der beiden Flaschen aufmachen, die, wie sie wußte, im Kühlschrank lagen, und sich zwei, drei Gläser einschenken. Schon

beim Frühstück hatte sie in der Zeitung die Fernseh-
programme studiert, konnte sich jetzt aber an gar nichts
erinnern. Sie war an einem Frühstücksraumtischchen
gesessen mit einer dieser häßlichen, aber leider prakti-
schen Plastikdosen für den Abfall und hatte lange auf
eine zweite Tasse Kaffee warten müssen. Sie liebte
diese späte Stunde zu Hause vor dem Fernseher, wenn
sie abends nach ihrer Tour auf dem Sofa lag und froh
war, die Nacht nicht wieder im Hotel zubringen zu müssen. Und letztlich war ihr dann auch egal, was sie da
sah. Im Zweifelsfall nahm sie eine Videokassette – obwohl sie Zufallsbekanntschaften lieber hatte.

Hoppla, das wäre jetzt beinahe auch eine geworden: jemand war dort auf der rechten Fahrbahnseite gegangen,
fast hätte sie ihn übersehen. Aber sie konnte sich auf ihr
Auto verlassen, und sie konnte sich, klar, auf sich selbst
verlassen.

Noch zwanzig Minuten, dann war sie bei ihrer letzten
Kundschaft für heute, eine halbe Stunde würde sie für
die brauchen, maximal, dann noch mal eine halbe Stunde, und sie war in ihrer Garage. Mittlerweile hatte es
vorsichtig angefangen zu regnen.

Sie hatte nichts gegen ihren Beruf. Sie liebte ihn nicht
gerade (keiner ihrer Kolleginnen, die das behaupteten,
glaubte sie ein Wort), aber sie hatte auch nichts gegen
ihn, ganz abgesehen davon, daß sie seit einiger Zeit sehr
gut damit verdiente. Ihr war es auch gleich, ob man sie
als Repräsentantin bezeichnete oder als Außendienstmit-
arbeiterin oder einfach, wie sie es selber tat, als Vertre-
terin. Und Kosmetik, erst recht von ihrer Firma, das war
ja nicht irgendwas.

Sie hatte, Gott sei Dank, einen Parkplatz ganz in der Nähe der Parfümerie gefunden. Seit zehn Minuten war Ladenschluß, und die meisten waren längst auf dem Heimweg. Sie beschloß, den Schirm im Wagen zu lassen, es regnete wirklich kaum. Sie warf noch einen Blick auf die Liste vom letzten Besuch und sah in dem Moment die Gesichter der beiden Frauen vor sich, die ihr gleich gegenüberstehen würden, die schöne Chefin und die nicht ganz so schöne Einkäuferin. Natürlich verhandelte sie lieber mit Männern, sobald Frauen Geld zu verwalten hatten, konnten sie unerbittlich sein. Aber in ihrer Branche hatte man es nun einmal fast ausschließlich mit Frauen zu tun, und daran hatte sie sich inzwischen ebenso gewöhnt wie an den Duftschwall, der einem beim Eintreten in die Geschäfte und dann noch einmal, konzentriert, von den Frauen entgegenschlug. Sie selbst parfümierte sich nie.

Sie wechselte ihren Musterkoffer in die Linke, zog die Tür des Ladens auf und hörte im selben Moment eine Stimme, die nicht nur für ihre Höhe zu laut war: Dann eben ohne mich, dann ohne mich!

In der Stille, die schlagartig eingetreten war, wandten sich die beiden Gesichter ihr zu, während sie spürte, wie Übelkeit in ihr hochstieg. Zugleich fühlte sie sich auf eine Weise ertappt, die ihr sehr ungerecht schien. Sie blickte in das Entsetzen der Schönen und die Hysterie der nicht so Schönen, und wäre jetzt eine vierte dabei gewesen, so hätte sie sehen können, wie in diesem Augenblick keine der drei auch nur die leiseste Ahnung davon hatte, wie irgend etwas je irgendwann weitergehen sollte. Aber da kam diese vierte auch schon, die Ladentür öffnete sich neuerlich, eine junge Frau trat vorsichtig herein und fragte, ob noch geöffnet sei, und weil sie so offensichtlich überhaupt nicht sah, was sie sehen hätte können, sagten die zwei fast gleichzeitig: Ja doch, kommen Sie, und die Dritte sekundierte mit einem: Ich glaube, ohne wirklich zu wissen, was das hier heißen sollte, und als die junge Frau, die zum Glück genau wußte, was sie wollte, mit schöner Unbefangenheit in die drei Gesichter schaute, hellten sich diese wie unter plötzlicher Beleuchtung auf, so daß sie – die Kundin war inzwischen wieder draußen – sehr bald dem nachgehen konnten, was sie hier zusammengeführt hatte: Unsere neue Serie, Sie werden sehen, ist eine völlig neuartige Interpretation des face-linings usw., und sie merkte, wie sie immer begeisterter von dem schwärmte, was sie da zu verkaufen hatte, geradezu atemlos versprach sie die Sterne vom Himmel herunter, und als sie nach einem perfekten Auftrag eine Viertelstunde später wieder in ihrem Auto saß, überfiel sie zwar noch einmal die Erinnerung an ein Gefühl der Übelkeit, ja, sie konnte sich sogar gerade noch fragen, warum sie das vorhin derartig mitgenommen hatte, aber die Antwort, die mögliche Antwort, ging in einer Erleichterung unter, die zumindest für diesen Tag endgültig war, und als sie dann auf ihrem Sofa lag und das erste Glas der zweiten Flasche zu Ehren ihres Auftrags mit einem leichten Nicken zu dem Moderator einer gerade laufenden Sendung hin erhob – oder war es ein Nachrichtensprecher? –, da war sie für einen Augenblick nicht einfach nur zufrieden, sondern geradezu leuchtend vor Einverständnis mit sich, derart, daß ihr für einen Moment ganz gelb vor Augen wurde.

31

Der Eisberg

Für welches Auto sich Gott wohl entscheiden würde? In allem Ernst hatte er sich diese Frage gestellt an jenem Abend, als er mit vielen bunten Prospekten unter seiner Stehlampe saß und sich zu entschließen versuchte. Natürlich wußte er nahezu im selben Augenblick, wie unsinnig – er sagte sich sogar: ketzerisch – eine solche Frage war, aber andererseits schien es ihm nicht nur eine Sache des Preis-Leistungs-Verhältnisses, was für ein Auto ein Pfarrer fuhr: Er mußte es sich leisten können, und es mußte ihm gefallen, aber es sollte darüber hinaus doch auch eines sein, das in gewisser Weise seinem Amt entsprach.

Nach zwei weiteren Abenden, die er mit dem wiederholten Durchblättern von Prospekten verbracht hatte, verstand er, daß die Autoindustrie die klerikale Kundschaft offenkundig als quantité négligeable ansah. Er wählte schließlich die in seinen Augen unprätentiöseste Lösung und kaufte sich einen Golf. Schwarz, was sonst. Er konnte ihn sich leisten, und er gefiel ihm. Und er roch gut. Nicht im einzelnen – gegen die Gerüche der Sitzbezüge etwa oder der Heizung wehrte sich etwas in ihm –, aber doch im Ganzen. Es war einfach der Geruch des Neuen: das Auto roch neu, und das tat ihm gut. Allzuoft, fand er, roch die Welt alt, nach Altem. Benutzt und verbraucht. Und war das nicht letztlich auch wenn schon nicht der Sinn, so doch der Zweck des Weihrauchs, dem Geruch der Gemeinde den Duft des Neuen Jerusalem entgegenzuschwenken?

Auch da, wo er herkam, hatte es nicht besonders gut gerochen, bei den Frauen noch mehr als bei den Männern. Aber jeder zweite Donnerstagnachmittag gehörte nun mal dem Altersheim. Auch dieses Mal war er tief erleichtert gewesen, als sich die schwere Glastür wieder hinter ihm schloß und sich wie immer ein Gefühl bei ihm einstellte, als sei er aus einer Haft entlassen. Nirgendwo kam ihm eine derart extreme Mischung von Ablehnung und Bigotterie entgegen wie bei den Alten, und nirgendwo mußte er sich zu soviel Selbstverleugnung zwingen wie dort.

Dieses Mal war das nicht anders. Aber kaum daß er sich in sein Auto gesetzt und die Luft tief durch die Nase eingesogen hatte, fiel ihm wieder der Mann im Heim ein. Er war sicher achtzig Jahre alt, sehr hochgewachsen und sehr gerade gehend. Er hatte ihn bei all seinen Besuchen eigentlich nur zeitunglesend an einem der hohen Fenster des Aufenthaltsraumes gesehen. Er schien sich immer abseits zu halten, und noch nie hatte er in irgendeiner Weise gezeigt, daß ihm an einer Unterhaltung gelegen war. Dieses Mal aber hatte man ihm schon am Empfang mitgeteilt, daß er ihn zu einem kurzen Gespräch auf sein Zimmer bitte. Also hatte er seine erste Damenrunde im Parterre absolviert und war dann zu ihm hinaufgestiegen.

Es war ein kleines Zimmer, aber auch dort gab es ein hohes Fenster, und da stand der Alte, jetzt ganz und gar ein Herr, kam mit zwei, drei Schritten auf ihn zu, begrüßte ihn und bat ihn zu zwei am Fenster aufgestellten Stühlen. Sie setzten sich.

Er wolle ohne Erklärungen und Umschweife sagen,

worum es ihm gehe, sagte der Alte, er müsse nur vor-
ausschicken, daß er ihn nicht als katholischen Priester
zu sich gebeten habe, sondern sozusagen als Fachmann
für Interpretation und Auslegung. Er kenne da niemand
anderen und bitte daher ihn, ihm zu folgendem Traum
etwas zu sagen, den er zum ersten Mal vor drei Wochen
und zum zweiten Mal vor drei Tagen geträumt habe
und der ihn seither unablässig beschäftige. Und ehe der
Pfarrer über eine abwehrende Handbewegung hinaus
etwas erwidern konnte, fuhr der Alte mit gleichmäßiger
Stimme fort:
„Ich bin einen langen Weg gegangen, unter blauem
Himmel, so daß mir sehr heiß wurde, und ich ging direkt auf einen Berg zu, der immer riesiger emporstieg, je
näher ich kam, und als ich nahe genug war, da sah ich,
daß er eisglatte Seiten und Kanten hatte, es war ein Eisberg, mitten auf dem Land. Und mit einem Mal war ich
in dem Berg drin und sah dort eine Figur, die sehr heftig
auf mich einredete, ich hörte aber nichts. Auch sie war
ganz aus Eis; es war mein Vater. Dann öffnete sich der
Berg, und es war eine Meeresküste da, und ich bin auf
sie zu und über sie hinweg hinausgegangen ins Meer
und habe mich wie endgültig erleichtert gefühlt.
Ich versichere Ihnen, das ist es, was ich geträumt habe,
und jetzt weiß ich auch, daß ich es nur zu erzählen
brauchte, um es zu verstehen, jemandem, der zuhört.
Dafür danke ich Ihnen."
Immer noch saß er unbewegt in seinem Auto und
dachte daran, daß ihm dann tatsächlich nichts anderes
eingefallen war, als eine Einladung zum nächsten Pfarr-
nachmittag auf den kleinen Tisch zwischen den beiden

Stühlen zu legen und sich mit einem Nicken zu verabschieden. Der Alte schien vollkommen zufrieden.

Er startete. Schon zwei Ampeln weiter bog er nach rechts auf einen schmalen Parkplatz vor einem Supermarkt ein, holte ein Blatt Papier aus seinem kleinen Koffer und ging damit hinüber zu dem Aushängekasten unweit der Bushaltestelle: die aktuelle Gottesdienstordnung war anzubringen sowie der Zettel mit den Terminen für das Treffen des Liturgieausschusses, den Besinnungsabend und die Sitzung des Pfarrgemeinderates.

Er hatte an seinem Schlüsselbund einen fast winzigen und sehr einfachen Schlüssel, mit dem er das Schloß für die Fensterklappe öffnete. Oder vielmehr: öffnen wollte. Denn kaum daß er das Schlüsselchen hineingesteckt hatte, spürte er auch schon, wie ihm die Klappe leicht entgegenkam: sie war offen. Geöffnet von wem? Mit einem Kopfrucken schaute er sich um, als könne er den Dieb noch erwischen, und zugleich kam er sich vor wie der Dieb selbst, der sich beobachtet fühlte. Dieb? Er sah mit einem Blick, daß nichts fehlte oder beschädigt war, und mit einem zweiten, daß ja auch gar nichts fehlen konnte: was sollte da schon zu stehlen sein? Die Gottesdienstordnung Oktober? Das Bild seiner Kirche? Der Dank an den Organisten, dessen 70. Geburtstag zu feiern war?

Natürlich hing da auch noch der Zettel mit dem Gedicht, das ihm noch vor einem Monat so gefallen hatte und jetzt eher peinlich war. Nein, offensichtlich hatte damals er selbst und niemand sonst einfach das Abschließen vergessen, und da die Klappe ein wenig klemmte, war nichts passiert.

Als erstes zog er die Heftzwecken des Gedichtblattes heraus und legte sie auf den schmalen Boden des Kastens. *Der Pfarrer ist müd und mürbe geworden/ so viele sterbliche Überreste/ so viele Trauergemeinden/ die seinen pünktlichen/ Trost erwarten./ Da bleibt ihm manchmal/ nur noch ein Händedruck.* Es hieß *Staub an den Sohlen*, und er konnte nur hoffen, daß es niemand gelesen hatte. Aber das würde natürlich heißen, daß überhaupt niemand – er brach den Gedanken, sozusagen professionell, sofort ab. Das alte Elend! Er faltete das Blatt zusammen und steckte es in die Manteltasche, wechselte dann die Gottesdienstordnung aus, trat einen Schritt zurück, prüfend, und schloß dann ab, indem er den Schlüssel zweimal herumdrehte.

Als er gehen wollte, blickte er zufällig auf den Boden und sah dort etwas Blasses, Gelbes liegen, wollte sich bücken, bückte sich aber nicht und ging.

Im Supermarkt kaufte er, was er brauchte. Er kaufte fast immer nur das, was er wirklich brauchte. Vor dem Kühlschrank mit der Milch schoß ihm noch einmal, er wußte nicht wieso, das Bild des Alten vor dem hohen Fenster durch den Kopf.

Als er zum Parkplatz kam, sah er sofort, was passiert war. Über dem Hinterrad an der linken Seite zog sich eine breite Schramme über die Karosserie, weiß auf schwarz, das Blech war eingedrückt. Natürlich war kein Zettel unter dem Scheibenwischer, und natürlich war auch niemand zu sehen. Er preßte sich die Hände auf die Ohren und schluckte, denn in diesem Moment war es ihm ganz unmöglich, nicht zu merken, daß da jemand mit ihm redete. Seine Augen waren weit aufgerissen, und er sah, wie ein gewaltiger Eisberg sich zwischen ihn und sein Auto schob, und jetzt hörte er es schaben, knirschen und kreischen, und er begriff, daß das die Strafe war, die Strafe, mit der er immer gerechnet hatte, die Strafe, mit der alle Menschen immer zu rechnen hatten und die nur die einen früher und die andern später traf. In dieser Sekunde war er dran, und weil er nicht wußte, weil doch niemand wußte, wie lange sie dauern würde, ließ er sich nieder, auf seine Knie, und das Kreischen war jetzt übergegangen in ein Wimmern, das von innen kam, aus dem Innern des Eisbergs.

In der Tankstelle

Es war da, wo die Stadt ausfranst, wo nur Gegend ist.
Nicht-Land. Flaches Gelände.

Sie war auf dem Weg zu ihrer Freundin, und das hieß
erst einmal: auf dem Weg zur neuen Autobahn. Offensichtlich hatte sie die Auffahrt verpaßt; irgendwo war
noch ein Hinweisschild gewesen, aber das hatte sie eindeutig in die Irre geführt oder sonstwohin, jedenfalls
nicht zur Autobahn.

Aber Glück im Unglück: wobei das Unglück zunächst
einmal war, daß sie sich verfahren hatte, und dann, daß
das Reservelicht für den Tank aufleuchtete. Dann war es
zwar wieder verschwunden, aber die Unruhe war geblieben. Und gerade da, wo sich niemand zeigte, den sie hätte
fragen können, wo ihr kein Auto entgegenkam, keines sie
überholte, gerade da sah sie, daß sie auf eine Tankstelle
zufuhr.

Sie kannte den Namen nicht, offenbar war das eine von
diesen Discount-Marken. Aber es war eine Tankstelle,
und das genügte. Sie betätigte den rechten Blinker (sie
nannte ihn für sich immer noch Winker), obwohl weit
und breit niemand hinter ihr war, und sie betätigte ihn
viel zu früh. Aber es gab ihr gewissermaßen die Sicherheit der Planung und des Ausführens, und das beruhigte sie. Sie bog ab.

Die knappe Fläche um die eigentliche Tankstelle herum
war offenbar vor längerer Zeit mit ineinander greifenden
Verbundsteinen ausgelegt worden. Später waren dann
an verschiedenen Stellen unregelmäßige Asphaltflächen

hingeschüttet worden, auf denen wiederum Ölflecken ein sprunghaftes Muster bildeten. Da, wo der Verbundstein noch sichtbar war, aber nur selten oder nie Autos drüberfuhren, hatte sich Grünzeug breitgemacht, nicht anders als auf dem Streifen dahinter, der aussah wie ein landschaftlicher Verpackungsrest zwischen Tankstelle und angrenzendem Waldstück.

Sie stieg vorsichtig aus. Sie war schließlich fünfundsiebzig. Fünfundsiebzig Jahre alt. Sie hatte beim Hereinfahren zwar das Schild *Offen*, sonst aber niemanden gesehen, und sie war daher um so überraschter, daß ihr, kaum daß sie auf das Tankstellenhaus zuging, jemand von dort entgegenkam.

Jemand: es war ein junger Mann, vielleicht Ende Zwanzig, vermutlich einsneunzig groß und mindestens zwei Zentner schwer. Sie kannte den Typ, mochte ihn, sie hatte ein paar Zivis kennengelernt, die ähnlich aussahen: Haare zum Zopf gebunden, Tätowierung am Unterarm (mehr war jedenfalls nicht zu sehen) und eine Lederweste mit bunten Flecken. Darunter Jeans. Und darunter diese Dinger, die sie immer noch Turnschuhe nannte. Ich bin froh, daß Sie da sind, meinte sie, ganz offensichtlich hab ich mich verfahren. Und außerdem brauche ich Benzin.

Dann sehen wir doch mal, war die Antwort, und damit ging er auch schon an die Seite, öffnete den Benzinstutzen und steckte den Schlauchschnabel hinein.

Öl? Wasser? Sie nickte, vor allem, weil er sich so freundlich erkundigt hatte. Dasselbe hatte nämlich erst vor zwei, drei Wochen ein Tankwart gefragt, und damals war noch alles in Ordnung gewesen. Er kam um ihr Auto herum, während das Benzin einlief, und öffnete mit einem Darf ich? die Tür an der Fahrerseite, fand sofort den Hebel und öffnete den Deckel der Motorhaube.

Sie sah zum Wald hinüber. Immer noch glaubte sie, sobald sie einen Waldrand sah, daß im nächsten Moment ein Reh heraustreten könnte, so wie sie sich einbildete, auf jeder Wiese ein vierblättriges Kleeblatt finden zu können, wenn sie nur richtig suchte. Und wenn ihr jemand sagte, daß das Suchen beim Vierblättrigen eigentlich nicht erlaubt sei, gab sie ihm immer reinsten Herzens recht und fing doch beim nächsten Mal wieder an, sorgfältig zu suchen.

Er hatte diesen dünnen gekerbten Metallstock in der Rechten und einen Zottelfetzen in der Linken: Sehen Sie, Sie brauchen Öl, und zwar dringend. Zwei Liter schätzungsweise. Soll ich? – Sie sollen, junger Mann, wär schade um das Auto.

Es würde ihr letztes Auto sein, das wußte sie schon eine ganze Weile. Und sie wollte jeden Ärger damit vermeiden. Ihre Freundin hatte sie schließlich oft genug, wohlmeinend oder nicht, darauf hingewiesen, daß sie in ihrem Alter besser nicht mehr fahren sollte. Die Freundin war vor etwa einem Jahr zum letzten Mal gefahren und ertrug – obwohl sie drei Monate älter war – offensichtlich nur schwer, daß die andere sich noch ans Steuer traute. Also, wenn sie schon noch fuhr, dann, bitte, in einem absolut funktionierenden Auto. Wenn etwas passieren sollte, das hatte sie sich schon vor Jahren vorgenommen, dann sollte es an ihr liegen und nicht am Fahrzeug.

Soll ich? hörte sie jetzt noch einmal – hatte er sie vorhin nicht verstanden, hatte sie so leise gesprochen? –, und sie nickte, als wäre sie erfreut über eine gute Botschaft, und verlor sich sogleich wieder in dem Muster, das die Kunststeine dort machten, wo sie an die Asphaltflächen stießen, und sie merkte, wie ihr dabei wohl wurde.

Die Freundin hatte sie zum Tee eingeladen, einfach so, hatte es geheißen, in Wahrheit aber wollte sie ihr die neue Wohnung im Seniorenheim zeigen, das war klar. Und die interessierte sie ja auch, wußte sie doch, daß ihr höchstens noch ein, zwei Jahre zum Nachdenken blieben, bis auch sie ins Heim ging, die Freundin hatte sie schon wiederholt daran erinnert.

Es wird allerdings ein paar Minuten dauern, warum setzen Sie sich nicht so lange in mein Büro? Da ist es jedenfalls wärmer.

Kalt war es eigentlich nicht, es hatte, wie meist im März, sogar schon ein paar schöne, frühlingshafte Tage gegeben, aber der Wind war ihr doch ein wenig unangenehm, und nachdem sie nun schon einmal ausgestiegen war, konnte sie sich genausogut für eine kleine Weile hineinsetzen. Er riß ihr die Tür geradezu auf, zeigte ihr den ziemlich heruntergesessenen Bürostuhl und war auch schon wieder draußen.

Da saß sie nun. Irgendein verborgener Heizkörper summte, und die Luft roch. Ihre Freundin war eine heftige Frischluftfanatikerin, wohingegen sie fand, daß die erste Voraussetzung für Wohlbefinden Wärme war. So hatte sie auch jahrelang auf die kalte Dusche verzichtet. Inzwischen allerdings duschte sie schon lange nicht mehr und zog es vor, sich in die Wanne zu setzen. Apropos

Wanne: Der junge Mann war gerade dabei, ihr Auto nach rechts über eine Bodenwanne zu steuern, und sie hatte kurz das angenehme Gefühl, das sie immer überkam, wenn sich jemand um sie kümmerte.

Die Scheibe, durch die sie sah, war da, wo kein Aufkleber das Hindurchschauen verhinderte, schmutzig, gewiß. Aber es störte sie nicht. Sie sah recht gut, sah, wie der junge Mann jetzt unter dem Wagen verschwand, und sah auf der anderen Seite, hinter der Straße, eine struppige Wiesenfläche, Buschwerk, Fichten und in der Ferne ein paar große, flache Gebäude, die vielleicht Fabriken waren oder Lagerhallen, sie kannte sich da nicht so aus.

Gerade wollte sie sich in dem Büroraum ein wenig umsehen, hob auch und drehte den Kopf, aber sie sah doch nur vor sich, wie ihre Freundin auf sie zukam, in weiten Jeans und irgendeiner alten Bluse (in unserem Alter muß man wirklich kein Geld mehr für Klamotten ausgeben), und mit ihrer leicht übertrieben aussehenden und vielleicht deshalb so glaubhaften Begrüßung sie herzlich in die Wohnung zog. Ja, sie freute sich auf diesen Moment und auch auf das anschließende *Cognac? Cognac!*, das seit Jahren zu ihrem Begrüßungsritual gehörte.

Aber nur wenig später – und auch das hatte längst begonnen, eine Art Ritual zu werden – mußte sie mit den ersten Anspielungen auf das gemeinsame Alter rechnen, daß es nun wohl nicht mehr lange dauern würde, daß das aber ganz recht sei, nachdem diese Welt ja eh nicht mehr für sie eingerichtet sei. Und mit einem Mal sah sie sich mit der Freundin im selben Altersheim, einem wirklichen Altersheim freilich und nicht einem dieser pensionfressenden Seniorenheime, wo man sich gegenseitig mit Neid und Mißgunst am Leben hielt. Nein, sie sah vielmehr vor sich, wie die Freundin und sie, beide im Rollstuhl, beide ohne sich dagegen wehren zu können, jeden Tag an immer denselben Platz geschoben und wie sie immer wieder dieselben Geschichten aufsagen würden, die eine aus der Schule, die andere aus dem Krankenhaus, und wie keine mehr der anderen zuhörte, wobei es schon ganz gleichgültig war, ob das aus Unwillen oder aus Unfähigkeit geschah.

In diesem Moment schrak sie ganz schauderhaft zusammen. Der große, schwarze junge Mann stand vor ihr – plötzlich, wie ihr schien –, er hatte offenbar etwas gesagt, was sie nicht verstanden hatte, und sie fürchtete sich.

Tut mir leid, wenn ich Sie erschreckt habe, das wollte ich natürlich nicht. Ihr Auto ist fertig, Öl, Wasser, Benzin, alles wieder in Ordnung. Aber ich denke, der Chauffeur – und damit meinte er eindeutig sie – braucht auch etwas. Wollen Sie nicht einen Kaffee?

Da stand er, der Riesenkerl, freundlich auf sie herunterlächelnd, und sie sah jetzt, daß die Flecken auf seiner Lederweste Wappen waren, und sie sah, daß er hellblaue Augen hatte und unter dem linken Auge eine ziemlich große Narbe, und sie sagte: Ja, gern, ich denke, den brauche ich wirklich.

Dann nehme ich auch einen, und wenn Sie nichts dagegen haben, setze ich mich für ein paar Minuten zu Ihnen. Und als die paar Minuten um waren, hatte sie erfahren, daß er an diesem Tag eh nur als Aushilfskraft da sei, aus Freundschaft mit dem Besitzer, der zu einer Beerdigung gefahren sei, daß er in einer Viertelstunde schließen werde, daß es mit dieser Tankstelle, seit die neue Autobahn eröffnet sei, steil bergab gehe und daß er am Abend zu einem Rockkonzert fahren werde.

Sie hingegen hatte ihm fast nichts erzählt, nur daß sie auf dem Weg zu ihrer Freundin sei, die ihr ihre neue Wohnung zeigen wolle, und daß sie sich verfahren habe. Um so mehr war sie überrascht, als sie ihn sagen hörte: Aber wirklich gern fahren Sie da nicht hin, oder?, und gleichzeitig spürte sie, wie das, was da vorhin in ihr hart geworden war, wieder weich wurde. Sie lehnte sich ein wenig zurück, schaute ihn gerade an und meinte dann: Nein, wirklich gern fahre ich da nicht hin. Aber die Gründe dafür, glauben Sie mir das, bedeuten gar nichts. Wozu wir Lust haben und was uns im Leben festhält, das hat gar nichts miteinander zu tun.

Wer hatte das gesagt? Sie? Jedenfalls erstaunte es sie nicht, daß sie nun beide für eine kleine Weile still waren. Das Licht fiel jetzt schräger durch die Glasscheiben, die dadurch noch fleckiger aussahen. Niemand schien Benzin zu brauchen, und die Vögel, dachte sie, die Vögel fliegen von allein.

Sie ahnte ja, daß sie ihn besser nicht fragen sollte, was er denn mache, wenn er nicht seinem Freund aushalf. Andererseits schien es ihr, als ob sie ihn inzwischen alles fragen könnte und auch auf alles eine Antwort bekommen würde. Aber wußte sie nicht schon alles? Was für eine Freundin er bis vor kurzem gehabt hatte und warum die ihn verlassen hatte, wie seine kleine Wohnung aussah und daß er sie sich vermutlich nicht mehr lange würde leisten können. Sie wußte, was die Wappen auf seiner Weste bedeuteten und daß er sich die Tätowierung sagen wir in Mozambique hatte machen lassen, vor Jahren, als er noch zur See gefahren war, und daß sie gar nicht weh getan hatte, weil er so betrunken gewesen war. Und sie wußte, warum er hellblaue Augen hatte und warum er sie mit diesen hellblauen Augen so ansah, wie er sie jetzt ansah.

Ich sollte wohl zahlen, bevor Sie Ihre Kasse schließen, sagte sie und gab ihm einen größeren Schein. Sie schaute zu, wie er aufstand, schaute auf den hängenden Hosenboden seiner Jeans und seinen wippenden Pferdeschwanz, sie sah, wie er langsam in die Kasse tippte, die dann aufsprang, und fragte, während sie die Scheine nahm und ihm die Münzen ließ, nach dem Weg.

Wenn Sie mich ein Stück mitnehmen, kann ich ihn Ihnen zeigen.

Das Licht fiel jetzt noch schräger, fast schon parallel zur Straße. Manche Vögel saßen auf den Feldern, als sei es doch eine Anstrengung, zu fliegen. Andere aber flogen eben, einfach so, und es sah gut aus.

Es war alles gesagt.

Heidelbeerjoghurt

Daß die Flasche leer war, das war's nicht. Er hatte vielmehr in der letzten Stunde in kürzer werdenden Abständen auf seine Uhr geblickt, und die Uhr wußte, wann er ins Bett zu gehen hatte: rechtzeitig. Er hatte das schließlich seit rund zwei Jahrzehnten so praktiziert, und auch wenn er sonst nichts gelernt haben sollte – er war weit davon entfernt, das zu glauben –: das saß jedenfalls fest in ihm drin.

Dabei war er sich nicht wirklich sicher, wieviel Schlaf man vernünftigerweise überhaupt brauchte. Irgendwas zwischen sieben und acht Stunden, schätzte er.

Oder vielmehr hatte er geschätzt, bis ausgerechnet seine Frau ihm zeigte, daß man mit sechs Stunden gut auskam. Früher war das auch bei ihr nicht so gewesen, inzwischen aber – es hatte sich offenbar etwas geändert. Tatsächlich blieb sie oft noch eine halbe Stunde vor dem Fernseher sitzen, wenn er schon ins Bett ging, und war doch am nächsten Morgen schon in der Küche, wenn er hinunterkam. (Das Bett neben ihm, hieß das, war dann leer, wenn er hineinstieg, und leer, wenn er wieder aufstand.)

Es konnte aber auch genau umgekehrt sein: Sie war schon vor dem Fernseher halb eingeschlafen und schleppte sich vor ihm hinauf, und wenn er morgens in die Küche kam, war da nichts als das Geschirr vom Vorabend.

Es blieb also einstweilen ungeklärt, wieviel Schlaf der Mensch braucht. Er konnte da ja nicht einmal über sich selbst genauere Auskunft geben: er kannte zu viele Varianten. Er wußte ebenso, wie das war, wenn der Abend lang, die Nacht kurz und der folgende Tag daraufhin besonders lang war: kaum sagte ihm dann seine Uhr, daß es Zeit war fürs Bett, fühlte er sich so wach wie selten und fand jede verschlafene Minute die reine Zeitverschwendung. Andererseits konnte er selbst nach drei nüchternen und ausgeschlafenen Tagen schon am Nachmittag einen Gähnanfall bekommen, als hätte er seit Wochen kein Auge zugemacht. Alles, was er sagen konnte, war, daß er offensichtlich mit weniger Stunden auskam, als er zu brauchen glaubte.

Bei einer üblichen Bandbreite zwischen sechs und acht Stunden sah er sich also mehr gegen acht, und die waren heute nicht mehr zu erreichen. Die Zeit im Bad (ca. 12 Minuten) und die Einschlafzeit (ca. 7) eingerechnet, waren ihm aber noch gute sieben Stunden sicher.

Er hatte schon manchmal, in der Regel im Dunkel, auf der rechten Schulter liegend und das Einschlafen herbeisehnend, darüber nachgedacht, ob das mit der Sieben vielleicht gar nichts mit seinem wirklichen Schlafbedürfnis zu tun habe, aber alles mit der Mystik von Zahlen, die uns bestimmen, ob wir wollen oder nicht.

Er wollte nicht. Und also ging er einfach davon aus, daß sein Körper diese sieben Stunden nicht nur brauchen, sondern sich auch nehmen würde. Davon ging er aus, ja. Und darüber schlief er meistens ein.

Er fand natürlich selber, daß es wichtigere Dinge gab, über die man, ungestört und ganz für sich, nachdenken sollte, wenn schon. Andererseits – aber nun war er wohl doch eingeschlafen, auch wenn da die Möglichkeit, etwas Bestimmtes vergessen zu haben, ihn noch einmal wach werden ließ, beinahe jedenfalls und doch ohne Ergebnis: da war kein Begreifen mehr möglich, etwas, ja, oder?, auch ja, und dann schlief er wirklich.

Mindestens eine Stunde. Vielleicht auch anderthalb, mehr sicher nicht. Daß er am Abend etwas getrunken hatte, nicht nur Alkohol, sondern schließlich auch Flüssigkeit, das trieb ihn nun aus dem Bett. Und als er sich wieder dahin zurückzog, war ihm klar, daß es diesmal kaum noch sieben Stunden werden könnten. Er war vollkommen wach.

Obwohl es nicht nur sinnlos war, obwohl es das Einschlafen unmöglich machte und obwohl es ein wenig schmerzte: er hatte die Augen nicht einfach geöffnet, er hatte sie geradezu aufgerissen, zwinkerte im Dunkel wie auf Befehl und kam sich vor wie ein Hungriger, der das Essen verweigert.

Jetzt hatte *das Denken* angefangen. So nannte er, aus einer Art Scham heraus, das krause und peinliche, gelegentlich aber auch merkwürdig präzise Herumgedenke an den mißlungenen, mißratenen, mißliebigen Dingen der letzten, vorletzten und vorvorletzten Zeit.

An seiner Seite die ruhigen und gleichmäßigen Signale, daß da jemand schon längst seinen (ihren) Schlaf gefunden hatte. Und das so, als würde er bleiben.

Wie sich im Leben einrichten? Tatsächlich fragte er sich jetzt so etwas und versuchte gleichzeitig, diese Frage abzuwehren, erfolglos. Aber auch ergebnislos: denn von keiner Seite kam auch nur die Andeutung einer Antwort auf ihn zu. ‚Wie sich im Leben einrichten?‘ wurde da noch einmal dringlich gefragt (von wem?), und was da fehlte, war wohl nicht ‚soll man?‘, ‚will man?‘, ‚darf man?‘, sondern ganz ohne Frage ‚kann man?‘.

‚Kann man‘. Das war wohl die knappste und unaufwendigste Art zu reimen. Verbindlichkeit herzustellen (was für eine Formulierung!). Letzte Möglichkeiten zu wahren (auch nicht besser). Verpflichtungen auch (Verpflichtungen – !).

Und dann, kurz bevor er sich entschloß, in die Küche zu gehen, reimte er sich noch ein ‚Ran, Mann‘ zusammen. Und war für zwei, drei Sekunden sogar stolz darauf.

Er mochte: erstens keinen Joghurt, zweitens keinen Pudding, drittens keinen Hüttenkäse. Er mochte Leberwurst, Blutwurst, Schinken und Speck. Und wenn Käse, dann fett Geschmiertes, also Camembert und Brie der sahnigen Art. Was er fand, war eine kleine Schale voller Eiweiß (ah, der Kuchen vom Wochenende bzw. dessen Reste), Äpfel, Fenchel, ein schlaffes Bund Schnittlauch, ein Stück Gorgonzola, ein Glas Marmelade (Kirsch) und zwei Hühnerschenkel. Das war's.

Er stand vor dem Kühlschrank und starrte hinein. Hell und grell und – das kam ihm so jetzt in den Kopf – hell and devil. Daß er schon länger, als gut war, vor dem Kühlschrank stand – er merkte es erst an den kälter werdenden Beinen. Und er entschloß sich (falls es überhaupt so etwas wie ein Entschluß war) zu einem Becher Joghurt mit Heidelbeeren, das er auf einer Etage der Innentür fand. Heidelbeeren: eigentlich wußte er nur, daß diese Beeren sehr nachhaltige Flecken machten; und daß sie von einer Art Nachtblau waren. Also nahm er den Becher, setzte sich an den kleinen Küchentisch und

fing an, alles zu buchstabieren, was auf dem Joghurt-
becher geschrieben stand. Er drehte den Plastikbecher
in seiner Hand langsam hin und her, hin und her, und
während er das Ablaufdatum 17. 10. las – und das schien
jetzt ganz selbstverständlich –, begannen ihm Tränen
aus den Augenwinkeln, die Nase entlang und über den
Mundwinkel das Kinn hinab zu laufen. Seine Frau hatte
diesen Becher für eins der Kinder gekauft, jedenfalls
nicht für ihn, der da am Küchentisch saß, ohne Löffel
und ohne Absicht, so schien es, aber mit einem Heidel-
beerjoghurt in der Hand, das er nun, gefühlsverloren,
mit ins Schlafzimmer, ja mit ins Bett nahm.

Wo seine Frau es am nächsten Mittag, hinter dem Kopfkissen, fand, vollkommen entgeistert.

In einem ruckartigen Entschluß zog sie den Metall-
deckel an seiner Lasche nach hinten und ließ den Joghurt, wie ein wohlverdientes Strafgericht, ins Bett tropfen, dessen Laken und Bezüge sie dann anschließend
und wie im Schlaf in die Waschmaschine stopfte, die
die Flecken aber auch nicht entscheidend beseitigen
konnte. Wie auch.

Will Eis

Die Wahrheit war: er tat es gern. Sehr gern sogar. Was nicht bedeutete, daß er sich nicht jedes Mal bitten ließ. Zeit hatte er natürlich, das bestritt er auch gar nicht, was ihn aber tatsächlich ärgerte – und, wenn er ehrlich war, gelegentlich sogar kränkte –, war, daß sie einfach nicht begreifen wollten, daß man Zeit haben und sich doch selbst von den freundlichsten Wünschen gestört fühlen konnte. Daß man nicht arbeitete und doch etwas tat. Kurz: daß man seit zwei Jahren Pensionist sein konnte und doch nicht wie ein Rasenmäher aus der Garage geholt werden wollte. Er ahnte natürlich, daß das keine Frage des Begreifens war, sondern eine des Nutzwerts und des Austauschs. Aber er orientierte sich eben leichter auf der Ebene der Gefühle, und wenn schon Austausch, dann doch bitte Austausch von Freundlichkeit. Oder wenigstens Freundlichkeiten.

Nun gut. Es war Samstagvormittag, und Tochter und Schwiegersohn hatten schließlich eine anstrengende Woche hinter sich, anstrengender gewiß als seine, und er hatte ja noch nicht ganz vergessen, daß man als arbeitender Mensch am Wochenende ein Recht zu haben meint auf sogenannte Freizeit, auch wenn dabei in der Regel nicht viel mehr herauskam als langes Ausschlafen und noch längeres Herumlaufen in Nachthemd und Unterwäsche. Aber weil es Mai war und Maiwetter dazu, beschloß er, wie unter einer Eingebung, seinen Widerstand auf- und den Bitten seiner Tochter nachzugeben.

Er holte selbst Kinderwagen, Flasche und Ersatzwindel, er kannte sich aus, es war ja nicht das erste Mal. Das Kind selber wurde ihm wohlverpackt übergeben und – er wartete auf dieses kleine Triumphgefühl und kostete es auch dieses Mal hinter einer gleichgültigen Miene aus – hörte mit seinem leichten Quengeln sofort auf, als es in seinem Arm lag.

Es waren selbst bei langsamem Schieben keine zehn Minuten bis zu dem schmalen, langgestreckten Park, und schon nach kurzem ging es vorbei an Vorgärten, die sich mit ihren blühenden Büschen geradezu in den Weg stellten. Flieder kannte er, wohl weil er ihn liebte, sonst aber konnte er von keinem der Büsche sagen, was es war. Ein paar Namen kamen ihm automatisch in den Kopf, wenn er solche Büsche sah, aber er war unfähig, sie zuzuordnen. Nicht anders – und das sah er wirklich als ein Versäumnis an – erging es ihm mit den Vögeln: eine Handvoll konnte er vielleicht identifizieren, aber wenn er sie etwa singen und pfeifen hörte, brauchte er gar nicht erst zu versuchen, etwas zu erkennen. Außer beim Kuckuck natürlich, aber dessen Art, ständig den eigenen Namen zu rufen, kam ihm sowieso kindisch vor.

Die Büsche also, ihr weiches Wiegen, ihre Üppigkeit. Und ihr Duft natürlich, den er auch dieses Mal wieder einsog, wenngleich er sich schon seit einigen Jahren nicht mehr ganz sicher war, ob da nicht hinter all den Zaubergerüchen etwas sehr Unangenehmes, ganz und gar nicht Wohlriechendes lauerte.

Sie tat es auch gern, besonders gern sogar. Und niemand mußte sie lange bitten: sie war die Großmutter, ihre zwei Zimmer waren im Handumdrehn aufgeräumt – sie wartete geradezu darauf, mit ihrem Enkelkind in den Park zu gehen, und das erst recht bei einem Wetter wie an diesem Tag.

Schon von weitem hatte sie gesehen, daß die beiden Bänke neben dem kleinen Spielplatz leer waren. Überhaupt waren kaum Leute im Park, wahrscheinlich lagen sie noch in den Betten oder waren längst irgendwo hingefahren. Um so besser. Sie setzte den Buben in die Sandkiste, gab ihm Schaufel, Eimerchen und Sieb – war da eigentlich irgendwer der Meinung gewesen, daß alle Buben einmal Maurer werden sollten? – und setzte sich auch. Sie holte erst die Keksschachtel aus ihrer Tasche, dann eine Zeitschrift, dann die Brille, legte alles links neben sich, faltete die Hände im Schoß und schaute.

Sie war zufrieden. Vielmehr, sie war natürlich überhaupt nicht zufrieden. Schließlich wurde sie bald siebzig, und das hieß: sie war eine alte Frau, basta. Sie war zu dick, und sie hatte Augenprobleme, und anders als ihr Schwiegersohn glaubte sie überhaupt nicht an die Ärzte. Dafür hatte sie schon zu viele von denen erlebt, sozusagen am eigenen Leibe und an fremden. Sie gab ja gerne zu, daß so mancher ohne die Ärzte nicht mehr am Leben wäre, aber erstens galt das schließlich auch für die Straßenverkehrsordnung, und zweitens war das doch wohl eher den Pharmazeuten zu verdanken als den Ärzten. Jedenfalls nicht solchen Ärzten, wie ihr Schwiegersohn einer war, von dem sie sich auch auf dem Totenbett nicht behandeln lassen würde.

Sie merkte, daß sie lachen mußte. Sie konnte die regelmäßigen Streitereien mit dem Schwiegersohn ja selbst schon nicht mehr richtig ernst nehmen und hatte im Grunde längst begriffen, daß sie sich eigentlich mit ihrer Tochter streiten wollte. Karla ist die Ruhe selbst, sagte aber deren Mann bei solchen Gelegenheiten, auch ich kann mit ihr nicht streiten, und dann übernahm sozusagen er den Part und lieferte seiner Schwiegermutter ein kleines Scharmützel, das ihrerseits jedesmal mit einer Beschimpfung der ärztlichen Kunst endete. Von wegen Ruhe – Phlegma war das, Unbeweglichkeit, man sollte nicht versuchen, ihr ihre Tochter zu erklären.

Der kleine Sohn der beiden war da ganz anders. Der war nämlich ruhig, wirklich ruhig. Auch jetzt saß er ohne Murren im Sand und, ja, was tat er da eigentlich? Spielen konnte man das im Grunde nicht nennen: er füllte den Sand mit der Schaufel in das Eimerchen und schüttete ihn dann wieder aus, immer wieder und mit großem Ernst. Das Wort Arbeiten paßte aber wohl noch nicht zu einem Anderthalbjährigen. Also? Was hatte der Kleine da begriffen, was sie anscheinend immer noch nicht so richtig begreifen wollte?

Sie hatte sich die Bank im Schatten ausgesucht, es war warm, aber nicht heiß. Ein leichter Wind ging, und mit einem Mal hatte sie das Gefühl, daß es ihr im Leben noch nie besser ergangen war. Sie schloß die Augen, lehnte den Kopf zurück und hielt für ein paar Sekunden die Luft an.

Ihr schien es eine Ewigkeit. Als sie die Augen wieder öffnete, sah sie einen älteren Herrn – jünger als sie offensichtlich, aber eben doch ein älterer Herr – bei der anderen Bank stehen, einen Kinderwagen neben sich. Sie gestatten?

Da ist nichts zu gestatten, wir sind in einem öffentlichen Park, nicht in meinem.

Dann darf ich also?

Was war denn das für einer? Verlegenheit konnte das ja wohl nicht sein. Also Höflichkeit von der altmodischen Art? Früher hatte ihr so was kaum gefallen, inzwischen aber –

Ich bitte darum.

Er setzte sich, und in der Sekunde, als er die warme Bank berührte, waren ihm drei Dinge gleichzeitig peinlich klar: Erstens saß er in der prallen Sonne, zweitens hatte er den Schnuller vergessen, und drittens: er war ganz offensichtlich verlegen.

Noch vor allem Nachdenken über einen möglichen Grund dafür merkte er, daß irgend etwas in ihm diese Verlegenheit zu genießen schien, und wenn ihn nicht alles täuschte, war er jetzt sogar ein wenig errötet.

Warum kommen Sie nicht herüber in den Schatten? Soviel Sonne kann in unserem Alter nicht guttun. Und Ihr Kleines wird es Ihnen auch danken. Oder ist da vielleicht gar keines drin?

Was war denn das für eine? Frechheit konnte das ja wohl nicht sein. Also womöglich etwas von dieser munteren Art, die man schon seit längerem an jungen Frauen beobachten konnte? Die hatte er sich schon früher gelegentlich gewünscht, aber nicht einmal seine Frau, seine eigene, hatte sich etwas davon angeeignet.

Er stand auf, stumm, und schob seinen Wagen hinüber zur anderen Bank, und das so, daß die Gnädige direkt hineinsehen mußte. Sie reagierte prompt.

Ein bißchen warm eingepackt, glauben Sie nicht? Ich

fürchte, wir werden da bald etwas zu hören kriegen. Aber hübsch ist sie, sehr hübsch. Ist doch eine Sie, oder?

Karoline Irmgard Gudrun, genannt Karola, wie ihre Mutter, die man allerdings Ditta nennt.

Stirnrunzeln war die Antwort, dann folgte ein Wink auf ihre rechte Seite, er setzte sich und zog den Wagen zu sich herüber.

Gut; ich liebe sie besonders, wenn sie noch so klein sind. Aber was suchen Sie denn?

Der Schnuller, vielleicht lag er ja irgendwo unter der Decke. Und während er – vergeblich – suchte, befreite er die Kleine ein wenig.

Offengestanden den Schnuller. Ich scheine ihn vergessen zu haben. Kann wirklich nur hoffen, ihn nicht zu brauchen.

Sonst nehmen wir diesen. Und damit zog sie einen hellblauen plastikverpackten Schnuller aus ihrer Tasche und reichte ihn hinüber. Ich habe immer einen frischen dabei, auch wir brauchen so etwas manchmal noch.

Danke. Komme im Ernstfall darauf zurück.

Über die Kinder hatte man sich das Nötige mitgeteilt, was ja immer hieß, einiges Unnötige dazu. Das Thema Krankheiten hoffte er so lang wie möglich hinausschieben zu können. Hätte sie ein Buch dabeigehabt, hätte er fragen können, was sie denn da lese. Aber er hatte natürlich gleich wahrgenommen, daß es eine Zeitschrift war, und die lag zum Glück auf dem Rücken, so daß er nicht sehen konnte, welche. Es war ihm lieber so. Andernfalls, da kannte er sich, hätte er sofort und nur schwer korrigierbar auf sie rückgeschlossen.

Sie schwiegen, und es war beiden nicht unangenehm. Dann hörten sie es, erst leise, stockend, dann etwas kräftiger werdend.

Karoline Irmgard Gudrun, sagte sie, aber da hatte er das Bündel schon aus dem Kinderwagen geholt, stand auf und begann langsam vor den beiden Bänken hin und her zu gehen, wobei er mit sanftem Wiegen und nicht ohne Erfolg die Kleine zu beruhigen versuchte. Jajajaja-ja, sagte er dazu immer wieder, jajajajaja, und das sagte er auch, nachdem sie ihn unvermittelt gefragt hatte: Wie alt sind Sie? Er blieb ruckartig stehen.

Wie bitte?

Sie haben mich ganz gut verstanden: Ich wüßte gern, wie alt Sie sind.

Hat die Frage etwas mit diesem Kind zu tun?

Er war sich jetzt gar nicht mehr sicher, ob er die gewisse muntere Art von Frauen immer so schätzenswert fand.

Ich weiß nicht, aber wahrscheinlich.

Er ging drei Schritte auf sie zu, bis er direkt vor ihr stand, und sagte: dreiundsechzig. Dabei streckte er die Arme betonend vor, was allerdings so aussah, als würde er ihr das Kind reichen.

Sie haben recht, und ich muß mich entschuldigen. Es geht mich erstens wirklich nichts an, und zweitens – ach was, es geht mich eben doch etwas an, ich meine, ich wüßte es einfach gern, Sie verstehen sicherlich, ob es Ihr Kind ist, nämlich.

Jetzt schien doch tatsächlich sie zu erröten, was ihm auf der Stelle seine Sicherheit wiedergab. Er atmete kräftig durch, legte ihr nun wahrhaftig das Kind in den Schoß – Halten Sie mal! – und nahm wieder neben ihr Platz.

Das, was Sie da jetzt im Arm haben, ist mein Enkelkind, Kind meines einzigen Kindes und Enkelkind meiner vor elf Jahren gestorbenen Frau. Ich bin, das sagte ich wohl schon, dreiundsechzig und seit zwei Jahren pensioniert. Ich liebe es, egal, wie das Wetter ist, mit diesem Kind spazierenzugehen, und ich heiße Johann Johannsen.

Wieder runzelte sie die Stirn. Der Bub heißt übrigens Johannes, meinte sie leise nach einer kleinen Pause, und was mich betrifft: ich heiße Dorothea und mit Nachnamen Spindler.

Leise oder nicht, der Bub hatte seinen Namen gehört und ließ wie auf Zuruf alles fallen, kletterte aus der Sandkiste – kein einfaches Unternehmen, wie man sah – und stapfte auf seine Großmutter zu: Will Eis. Will Eis.

Sie sah erst zu dem Kleinen und dann zu ihm, dann wieder zu dem Kleinen, dann kurz vor sich hin, als blicke sie sich selbst an, dann wieder zu ihm. Und sie sagte: Würden Sie die begonnene Freundlichkeit fortsetzen und uns ein Stück begleiten? Es ist Zeit für uns. Und kaum, daß er genickt und Gern, sehr gern gesagt hatte, stand sie auf, immer noch mit dem Baby im Arm, das sie nun, als wäre sie dort zuhaus, in seinen Wagen bettete – das Kind war wach, aufmerksam und ganz still –, nahm Brille und Zeitschrift, während er die Sachen aus der Sandkiste holte, abklopfte und sie alles in die Tasche tat, und dann zogen sie wie eine kleine Familie davon, die Kinder in ihren Wagen, das Paar dahinter, und als sie tatsächlich bei der Eisdiele standen und sie nach kurzem mit drei Tüten wieder herauskam, da errötete er zum letzten Mal an diesem Tag und wußte im langsamen Weitergehen, daß dieses erste Eis seit elf Jahren – so sagte er sich wirklich –, das er da vor aller Welt schleckte, das Beste war, was ihm überhaupt widerfahren konnte.

Nach Mallorca

Es sollte ein Urlaub werden wie all die Jahre zuvor. Ende August waren sie auf die Insel geflogen, und wie all die Jahre zuvor auch wohnten sie in demselben kleinen Hotel. Für das sprach eigentlich gar nichts, weder lag es am Meer – man ging dorthin vielmehr fast eine Viertelstunde durch die in diesen Wochen immer pralle Sonne, etwa ebensolange wie zum nächsten Dorf –, noch war es für das, was es bot, besonders preiswert. Es schmückte sich mit vier Sternen und hatte die Qualität von zweien. Es war nicht einmal sehr sauber, aber die Lage brachte es mit sich, daß es dort ruhig war, wenn man einmal von den Mopedfahrern absah, deren Lärmschweif man meist über die halbe Insel verfolgen konnte, und von den Zimmernachbarn, die sich gerade noch auf der Hausterrasse nach einer letzten gemeinsamen Flasche Bier – der Wein hatte hier so etwas Eigenartiges – von einem verabschiedet hatten und sich offenbar ausgerechnet im Urlaub wieder der Freuden oder jedenfalls des Zeitvertreibs häufigeren Geschlechtsverkehrs entsannen. Besser, man blieb noch zehn Minuten sitzen.

Der tatsächliche Grund für dieses Hotel (das Wort war wirklich etwas zu hoch gegriffen, aber so stand es nun einmal mit fünf übereinandergestapelten rosa Neonbuchstaben, die nachts Gott sei Dank nicht leuchteten, an dem Außenmauerstück zwischen Zimmer 13 und 15), der tatsächliche Grund also war vor Jahren eine der üblichen Fehlbuchungen gewesen: sie kamen an – es war sehr plötzlich dunkel geworden –, und das Appartementhaus war voll. So landeten sie denn und blieben seither, gewissermaßen aus Treue zum Schicksal, im Golden Beach, den man außerhalb des Mittagsdunstes übrigens wirklich als schwachen Streifen in der Ferne sehen konnte – nicht gerade golden natürlich, aber doch deutlich heller als die ungepflegte Grasnarbe zwischen ihm und der schlaglochreichen Teerstraße.

Vielleicht aber war es doch nicht nur das Schicksal, dem man da die Treue hielt, denn ohne Frage galt die auch Nikos, ihrem Wirt. Er hatte an jenem Abend, als sie recht klamm in dem schäbigen kleinen Flughafengebäude gestanden waren, mit einer derart entschlossenen Herzlichkeit – auch gegen ähnliche Versuche anderer sogenannter Hoteliers – ihre beiden Reisetaschen ergriffen, daß an Widerstand, hätten sie denn dazu noch die Kraft gehabt, gar nicht zu denken, geschweige denn zu glauben war. Es war für sie wie ein Augenblick der Rettung, und sie wußten in der Sekunde, daß das Folgen haben würde.

Natürlich zeigte Nikos' Herzlichkeit ihr absolut Entwaffnendes im Laufe ihrer vielen Aufenthalte – ja, letztlich waren es wohl weniger Ferienwochen als Aufenthalte – auf recht unterschiedliche Weise. Immer aber schienen sie sich damit vom ersten Tag an einverstanden zu erklären, voreinander jedenfalls, und da Nikos denn doch gewisse Grenzen nicht überschritt, konnten sie sich in einer Art von Ausgeliefertsein einrichten, das vor allem durch eines sozusagen häuslich gemacht wurde: durch Nikos' Lustigsein. So nannten sie jedenfalls eine bestimmte Art ihres Wirts, die sie ansonsten nicht nachvollziehbar schildern konnten. Auch in diesem Jahr war das so: Kaum daß sie am späten Nachmittag von ihrem täglichen Badeausflug zurückkamen, empfing Nikos sie mit einem zwinkernden ‚Na, kleines Ouzo?‘, und sie versprachen, in fünf Minuten wieder unten zu sein, duschten, cremten sich ein, um ihre Sonnenbrände zu lindern, zogen etwas an, das sie für derartige Gelegenheiten mitgebracht hatten, und beeilten sich, möglichst rasch wieder unten zu sein, wo sie ihren Wirt aber erst suchen mußten. ‚Er ist auf Zimmer 22‘, war da z. B. die doch eigenartige Antwort des jungen Kellners. Sie setzten sich dann in den Barraum, und als Nikos nach einer Viertelstunde herunterkam, hatten sie ihren ersten Ouzo schon getrunken. Ziemlich bald – die einen früher, die andern noch früher – war das runde Dutzend Gäste versammelt, und als es eine Stunde später zum Essen ging, waren die meisten von ihnen im Grunde schon besoffen.

Nikos hatte eigentlich die ganze Zeit über nicht viel mehr gemacht als eingeschenkt, auf Listen hinterm Tresen Kreuze gemacht, Platten aufgelegt und zwischendurch mit starkem Akzent ein paar Worte Holländisch, Schwedisch oder Deutsch geredet. Wer darauf antwortete, bekam etwas in Nikos' Heimatsprache zu hören, aber die ausländischen Brocken waren den Gästen lieber, auch denen, die etwa kein Schwedisch verstanden.

Nicht alle diese Gäste waren Paare, genau besehen sogar die wenigsten. Hieß das was? Gelegentlich stellten die beiden Vermutungen darüber an – am Strand, in der Bar oder noch im Bett, wenn der andere schon eingeschlafen war –, wer da wohl vielleicht mit wem, aber wirklich sicher waren sie sich fast nie.

Ihr Bergfest, das sie wie immer mit einer Einladung ‚eine Runde für alle' als Auftakt zu einem allgemeinen Besäufnis verstanden, lag schon hinter ihnen, es blieben noch zwei Tage. Den zweiten von diesen beiden verbrachte sie in der Hotelhalle und er am Fenster von Zimmer 15, auf einem Flechtstuhl sitzend und bei dem Versuch, sich einzuprägen, was er im Ausschnitt des HOTEL-O sah. Den Tag davor hatten beide, zunächst zu ihrer eigenen Überraschung, schließlich aus purer Selbstbehauptung mit einem elenden Streit zugebracht, der sich bis in den späten Abend hingezogen und keinen Sieger hinterlassen hatte.

Die Nacht zwischen den beiden Tagen verlebte er sozusagen ordnungsgemäß auf Zimmer 15, halbe-halbe auf dem Flechtstuhl und im Bett, und schaute zwischendurch auf das fremdländische Fernsehprogramm, dessen Ton er abgeschaltet hatte, sie hingegen – letztlich auch ordnungsgemäß – in einem Zimmer mit der Aufschrift *Private*, Nikos' Zimmer, von dem sie sich – eher gegen ihren Willen – auch das eine oder andere einprägte.

Auf dem Rückflug überraschten sie einander damit, daß einer dem andern versicherte, eigentlich die längste Zeit schon den Sommerurlaub nicht mehr auf dieser Insel, sondern auf Mallorca verbringen zu wollen. Genau das taten sie dann auch, und wieder wurden es Ferien wie jedes Jahr.

Die Große Kurve

Null Uhr fünfzehn, Ecke Windischheimer/Oberberger. Keine Minute zu früh und keine zu spät, perfekt. Wenn er um diese Uhrzeit diese Ecke nahm, konnte kaum noch etwas schiefgehen, waren die letzten Etappen nur noch Routine. Er sog die Luft durch die Nase, ließ sie ein paar Sekunden stehen und blies sie dann wieder aus. Es regnete nicht.

Wie üblich war um diese Uhrzeit – und dazu am Sonntagabend – kaum Verkehr. Eigentlich, fand er bisweilen, sollte zu einer solchen Stunde gar kein Verkehr mehr laufen. Nach Mitternacht noch unterwegs zu sein – entweder man lag im Bett oder man hatte keine Chance mehr, hineinzukommen. Nachtschwestern zum Beispiel. Andererseits, war nicht sein eigener Job Beweis für das Gegenteil, dafür, daß es sehr wohl für manche gute Gründe gab, noch nach Mitternacht in der Stadt unterwegs zu sein? Schon oft hatte er sich über deren Woher und Wohin Gedanken gemacht, genaugenommen gehörte das sogar zu seinen Lieblingsbeschäftigungen. Er dachte sich gern Geschichten aus über andere, Geschichten der unterschiedlichsten Art, die er bisweilen für sich – für sich, für wen sonst? – dadurch interessant machte, daß er ein kleines unerklärbares Geheimnis darin unterbrachte. Und obwohl ihm dämmerte, daß das in der Regel die Momente waren, in denen er nicht weiterwußte, gefiel ihm die Spannung, die das jedesmal in ihm hervorrief.

Der Anfang dieser Geschichten war immer ähnlich.

Tatsächlich machte es ihm Vergnügen – soweit diese kleinen beruflichen Selbstgespräche Vergnügen genannt werden konnten –, bei seinen letzten Fahrgästen, sobald sie eingestiegen waren, mit sich selbst eine Art Wette abzuschließen, wohin sie sich setzen oder stellen würden: nichts schien ihm bezeichnender. Die älteren Damen, die auf den längsgestellten Bänken in seiner Nähe Platz nahmen. Die Herren mittleren Alters, die eine eigenartige Vorliebe für den Platz über dem Radkasten hatten, auf den man die Beine stellen konnte. Und die, die gleich auf der hinteren Plattform stehen blieben: dort trafen sich die jüngeren Männer, die eine Haltung zwischen Imponiergehabe und Lässigkeit suchten, und die Frauen, die jenen eigentlich aus dem Weg gehen wollten und schon jetzt an ihren raschen Ausstieg dachten.

Er täuschte sich selten, sehr selten, und natürlich waren es gerade die kleinen Irrtümer, die ihn dieses Spiel immer wieder aufnehmen ließen. Er war immer gern Busfahrer gewesen, vor allem natürlich in den Jahren, als er noch ein sogenannter Freier war, also einer von denen, die heute nach Kroatien, morgen nach Assisi und übermorgen zu den holländischen Tulpen fuhren. Aber er fuhr auch gern *auf der Schiene*, die fixen Stadtrouten also, und besonders liebte er die letzten Runden nachts. So wie die jetzt.

Er hatte noch vier Stationen, und sein letzter Fahrgast, eine junge Frau, die sich gleich auf eine der längsgestellten Bänke gesetzt hatte, würde sicher an der nächsten Haltestelle aussteigen, bei den neuen Wohnblocks. Sie hatte schwarze Haare unter ihrem Kopftuch – wer außer den Arabischen trug heute schon noch Kopftücher?

– und eine schmale Brille. Dazu Anorak und Jeans. (Warum merkte er sich das alles?) Kurz hatte sie ihn angeblickt, als sie vorn eingestiegen war, sich hingesetzt und seitlich aus dem Fenster ins Dunkle gesehen. So wie er es jetzt am liebsten getan hätte, wenn er es gedurft hätte. Und er tat es, sah in dem Moment einen Radfahrer und schaute auch schon wieder nach vorn.

Die junge Frau stieg nicht bei den Wohnblocks aus, sondern erst an der folgenden Haltestelle. Da standen, von der Straße zurückgesetzt, ein paar kleinere Häuser, die jetzt allerdings, soweit er das ausmachen konnte, bis auf wenige Außenleuchten alle schon dunkel waren. Und auf diese Dunkelheit sah er sie zugehen.

Die vorletzte Haltestelle, die er langsam anfuhr, ohne aber wirklich zu halten, dann ging's zur Endstation. Es war ein großer, runder Platz, der, wie das blaue Straßenschild wenigstens tagsüber sagte, Westplatz hieß, allgemein aber nur die Große Kurve genannt wurde. Jedenfalls von den Kollegen bei den Stadtwerken, und natürlich auch von ihm. Immer, wenn er das Wort Eleganz hörte, dachte er automatisch an die Große Kurve: man fuhr nach rechts in sie hinein und zog dann eine wunderbar schwingende Linke, am besten mit etwas zu hoher Geschwindigkeit, die neuen Busse machten das spielend.

Heute war das nicht anders. Und das Licht der Scheinwerfer strich durch das Dunkel, bis es das kleine Wellblechdach am Ende der Kurve im Visier hatte, mit der lehnenlosen Holzbank darunter und den beiden matt leuchtenden Peitschenlampen links und rechts. Er hielt. Dann griff er sich das Fahrtenbuch, machte seine Eintragungen, legte das Buch wieder weg. Er schaute um sich, soweit die Lichter es zuließen. Eigentlich war das ja gar kein Platz, eigentlich war es nur das von der Großen Kurve herausgeschnittene Rondell, eine Fläche aus Unkraut und Sand, ein Niemandsland. Und still war es da, unvernünftig still, wie ihm schien, und jetzt erst fiel ihm auf, daß er dieses Mal gegen die Gewohnheit den Motor abgestellt hatte, bevor er zum Fahrtenbuch griff. Im Winter ließen sie ihn immer laufen wegen der Heizung, und in den wenigen auch nachts warmen Monaten – und dieser Juli war sehr warm – taten sie es, weil sie es den Winter über eben auch so gemacht hatten.

Er fror jetzt tatsächlich ein wenig. Aber als er daraufhin den Motor wieder einschaltete, wußte er, daß das nicht der Grund dafür gewesen war. Die plötzliche Entschlußkraft, die ihn nun vollkommen ausfüllte, war ihm mit einem Mal das Selbstverständlichste. Zugleich sah er sich am nächsten Tag zu Mittag wie üblich den Bus von seinem Kollegen übernehmen, er sah sich den Sitz und die Spiegel, in denen alles andere und er waren, zurechtrücken, und er sah wieder ein, daß das recht so war. Aber bis morgen mittag war ja noch Zeit, viel Zeit sogar, und als er sein Fahrzeug aus der Großen Kurve wieder stadteinwärts gelenkt hatte, bog er nicht wie sonst nach der zweiten Haltestelle auf die Umfahrungsstraße ab, von der aus die Busgarage in zehn Minuten zu erreichen war. Er fuhr vielmehr direkt auf die Stadt zu, in die allmählich hereinbrechende Helligkeit.

The Lion

Dreimal kurz, dreimal lang, und am Ende hatte sie den Finger ganz besonders lang auf dem Klingelknopf gelassen. Ich komme! war die Antwort, wobei das *kom* etwa eine Quint über dem *Ich* lag. Während sie mit ein paar Griffen rasch noch einmal den korrekten Sitz ihres Schwesternhäubchens kontrollierte (sie hatte das freilich im Lift auch schon getan) und die obersten Haken ihres strengen und langen schwarzen Mantels öffnete, hörte man von innen das Entriegeln verschiedener Türschlösser, dann standen sie sich gegenüber.

Das heißt, *er* saß. Und zwar in einem silbern glänzenden gummibereiften Rollstuhl moderner Bauart, wenn auch ohne Elektroantrieb. Man mußte ihn, wenn er denn nicht geschoben wurde, mit Hilfe der Greifräder selber bewegen. Der, der darin saß, schien, soweit sich das nach ein paar Metern beurteilen ließ, damit noch nicht sehr lange umzugehen, ihm fehlte ganz offensichtlich die Kraft in den Armen, die langfristige Rollstuhlfahrer schon nach einiger Zeit entwickeln. Aber er war ja auch nicht mehr der Jüngste, ging wohl schon auf die Achtzig. Für sie galt das im übrigen sichtlich auch, Mitte Siebzig war sie auf jeden Fall. Aber anders als er offenbar gut zu Fuß, denn als er mit einem höflichen Ich geh mal voraus, was er dann mit einem kleinen Auflachen rasch in Ich fahr schon mal vor korrigierte, voranrollte, trippelte sie recht munter zur Garderobe, zog ihren Mantel aus und hängte ihn auf den Haken. Sie war ganz der Typ der rundlichen Großmutter, mit voller Büste und aufgesattelten

Hüften, wobei erstere tatsächlich durch ein immerhin deutliches Dekolleté, das zur adretten Schwesterntracht wirklich nicht recht passen wollte, betont war.

Sie folgte ihm in das geräumige Wohnzimmer, in dem sie sich umsah, als ob sie es sich einprägen oder als ob sie darin etwas umstellen wollte.

Ich habe ja gehört, daß Schwester Recuperata heute keine Zeit für mich hat. Umso mehr freut es mich, daß Sie gekommen sind. Ich nehme doch an, auch Sie verstehen Ihr Handwerk.

Sie schien von dieser Bemerkung überhaupt nicht irritiert, antwortete vielmehr mit einem geradezu fröhlichen Sie werden's schon merken, wobei sie ihm freundlich den Hinterkopf tätschelte, was wiederum ihn nicht zu irritieren schien. Offensichtlich war sie überhaupt nicht verlegen.

Allerdings, als sie ihn dann nach seinen Beschwerden fragte, reagierte er hörbar mürrisch. Er habe mit dieser Frage natürlich gerechnet, er wisse schon, daß die Schwester das fragen müsse, aber wenn es nicht ernst gemeint sei –. Nicht ernst gemeint? Wie solle sie denn ihrer Arbeit zu seiner Befriedigung nachgehen, wenn sie nicht einmal das fragen dürfe? Und nun wurde ihre Stimme um eine kleine, aber unüberhörbare Nuance bestimmter: Wenn er nicht brav antworten wolle, müsse sie ihn ins Bett stecken. Bitte nicht, war seine wenig überzeugend klingende Antwort, Oh ja die ihre, Oh doch.

Sofort begann er, diverse kleine Leiden aufzuzählen, wo's überall wieder weh tue und wo nicht mehr, sie aber ließ sich nicht davon abbringen, die Schiebegriffe seines Rollstuhls zu fassen und mit einem Sie verschweigen mir doch etwas! beherzt das Schlafzimmer anzusteuern, als habe sie schon immer gewußt, hinter welcher Tür es sich befand.

Das Zimmer lag zur Hälfte in einem inspirierenden Halbdunkel: die Vorhänge am Fenster neben dem hohen Bett waren zugezogen, und nur das schmale neben der Tür ließ das Tageslicht herein. Die Bettdecke war im oberen Abschnitt diagonal aufgeschlagen, dahinter wölbten sich zwei voluminöse, übereinandergestapelte Kopfkissen. Sie schob den Rollstuhl nun vorsichtig seitlich neben das Bett, drehte ihn um 180° und sagte in sein geradezu gebanntes Schweigen hinein: Er sagt's mir nicht, er sagt's mir nicht, dann werden wir wohl untersuchen müssen. Und er jetzt, auf einmal geradezu gierig: Untersuchen, Schwester, ja untersuchen, und schon stützte er sich auf seinen Lehnen auf und beförderte sich mit einer Art Schwenken, das in ein Abrollen überging, ins Bett, man hätte ihm das vorher kaum zugetraut.

Und da lag er nun in seinem waldgrünen Jogging-Anzug, der auf der Brust lagebedingt – er war auf der rechten Schulter zu liegen gekommen – einen sehr zerknitterten Löwenkopf zeigte, unter dem mit großen Buchstaben THION zu lesen und THE LION zu ergänzen war, da lag er nun.

Sie zog zunächst einmal auch den zweiten Vorhang zu, wobei aber immer noch genügend Mischlicht im Raum blieb, kam dann herüber zum Bett und sagte Schön ausstrecken und wiederholte das noch einmal in dem Moment, als auch er es sagte, was einen kleinen zauberhaften Augenblick einer wie von oben gelenkten Gemeinsamkeit entstehen ließ: Schön ausstrecken!

Aber schon protestierte er wieder, flehentlich geradezu, als er sah, wie sie, kaum daß sie sich an die Bettkante gesetzt hatte, in ihre Kitteltasche griff und eine kleine Plastikpackung hervorbrachte. Keine Gummihandschuhe bitte, bitte bitte, heute nicht.

War er denn brav, war er das, ja? Nun gut, wenn er denn brav war, brav muß er sein, immer schön brav, und während sie weiterhin dieses und das vom Bravsein zunehmend murmelte und bald auch Laute der Zustimmung zu vernehmen waren, ja fast so etwas wie ein Glänzen in dem halbdunklen Zimmer war, da hatte sie bereits seit einigen Minuten mit flinken Fingern die erwünschte Untersuchung eingeleitet.

Schwer, oder besser: unwichtig zu sagen, wie lange es gedauert hatte, als sie leise aufstand und die Schlafzimmertür hinter sich zuzog. Das Wohnzimmer, fremd und vertraut zugleich, lag ganz still da im spröden Februarlicht. Sie nickte gleichsam von Möbel zu Möbel, als wolle sie sich von einem geduldigen und verständnisvollen Publikum verabschieden, und die Möbel schimmerten.

Er, der da in seinem Bett lag, war dankbar, wieder einmal. Und er hörte, wie die Tür ins Schloß fiel, und er hörte, wie sie wenig später wieder geöffnet wurde, und er hörte bald darauf den Ruf „Tee oder Kaffee?“, und er rief, nach einem kleinen Räuspern „Kaffee. Kaffee, bitte.“

Dann stand er langsam auf und ging ins Bad.

Sauna

Komm doch.

Wohin?

Komm schon.

Wohin denn?

In die Sauna!

Es war August, weit über Mitte August. Und es war etwa elf Uhr vormittag. Erst vor wenigen Minuten hatte er vom Bus aus über einer Tankstelle das Datum 22. 8. und die Temperaturangabe 28° in roten Neonzeichen abgelesen.

Zur Feier des Tages, sagte sie.

Und zur Feier der Nacht, sagte er, stolz auf seine Schlagfertigkeit. Er wußte natürlich, was sie meinte: Sie kannten sich nun seit 22 Tagen, und am Abend zuvor hatten sie einander entdeckt. Wenn sie auch ein paar Monate älter war als er: beide waren sie 22 Jahre alt.

Und natürlich wußte sie, was er mit der Feier der Nacht gemeint hatte. Es war zum ersten Mal eine ganze Nacht gewesen, die sie miteinander verbracht hatten. Ihre Eltern waren für zwei Tage verreist, und also hatten sie die ganze Wohnung für sich gehabt.

Sie waren aus dem Bus gestiegen, um ins Kaffeehaus zu gehen, am Fluß entlang, unter den Bäumen. Weil es so heiß war, hatte er für ein paar Augenblicke ihre Hand losgelassen und beiläufig die Feuchtigkeit an der Hose abgewischt.

Im Nu war sie ihm ein, zwei Schritte voraus gewesen, hatte sich mit einem Schwung umgedreht und nun das gesagt. *In die Sauna.*

Da war ich noch nie.

Dann wird es höchste Zeit.

Ist es aber nicht –

Nein, ist es nicht, und da hatte er ihr schon mit runder Hand den Mund verschlossen, sie gleichzeitig um die Hüfte gefaßt und gesagt: O.k. O.k., wir gehen in die Sauna.

Sie sah ihn von der Seite an; was für ein schöner Mensch, was für ein Mensch, sprach es fortwährend in ihr, und der Gedanke, zusammen mit ihm in der Sauna zu sitzen, nackt, aber ohne ihn anfassen zu dürfen, ja ohne überhaupt zu zeigen, daß sie diesen Leib, diesen Menschen kannte! Ja, o ja, das mußte die Spielregel sein: mit Betreten der Sauna so zu tun, als hätten sie einander nie gesehen. Nur Blicke sollten erlaubt sein, die allerdings, wie und wohin man wollte.

Er war mit diesem Reglement sehr einverstanden, alles andere, das wußte er, wäre ihm noch peinlicher gewesen. Aber im Unvertrauten etwas sehr Vertrautes zu haben, fand auch er beruhigend. Beruhigend oder aufregend. Oder beides.

Hinterher wird gefrühstückt, wie es sich gehört, freute sie sich schon. Und dazwischen, fragte er skeptisch, muß ich ins Kalte?

Ja, du mußt, aber wirklich kalt ist es nicht, nur anders, du wirst sehen.

Jetzt war tatsächlich etwas Wind aufgekommen. Die Bäume am Ufer durchlief ein leichtes Kräuseln, und die lastenden Abgase wurden von einem Moment der Frische durchzogen und damit noch auffälliger. Aber auch ihr Haar rührte sich, und er schaute zu ihr hinüber, sah das Profil mit der scharfen Nase und dachte, was für eine kluge Frau. Sauna, wie kommt sie nur darauf? Und für einen Augenblick sah er sie nur mit einem Handtuch über den Hüften auf dem Lattenrost liegen, aber schon wußte er, daß das jetzt nur das Bild von jenen Saunaanzeigen war, was ihm da in den Sinn kam. Er hatte, als er jung war, solche Anzeigen immer sehr intensiv betrachtet und sie weitaus anziehender gefunden als all das Pornographische, das ihm später fast zwangsläufig da und dort untergekommen war. Würde sie sich auch so auf den Ellenbogen stützen und ihn ansehen?

Er hatte sich ihr ohne weiteres überlassen, hatte ihren Vorschlag zu ihrer eigenen Überraschung sofort akzeptiert, kaum daß sie Zeit gehabt hätte zu prüfen, ob sie selbst eigentlich wirklich in die Sauna wollte. Doch, sie wollte, und sie wußte auch auf der Stelle und mit aller Deutlichkeit, was sie wollte, nämlich hinsehen, hinsehen, wenn er mit angezogenen Beinen auf der langen Bank sitzen würde, die Arme um die Knie geschlungen, dort hinsehen. Sie faßte ihn, nahm ihn bei der Hand, zog ihn geradezu. Ja, sie führte, wußte, wo es hinging, und er ließ sich führen, schaute nun fast selig zu ihr hinüber: sie hatte diesen Ausdruck in seinem Gesicht in der Nacht gesehen und war darüber fast erschrocken.

Ohne es zu merken, waren sie schneller geworden, liefen beinahe, Hand in Hand, als könnten sie etwas versäumen. Die anderen Passanten beachteten sie wie automatisch, bis sie vor einer roten Ampel stehenbleiben mußten, ein wenig außer Atem. Ja, sie hielten einander bei der Hand und wußten jetzt nicht, ob diese Hände feucht waren, ob der Wind nachgelassen und die Hitze zugenommen hatte, sie wußten für die Dauer einer Ampelphase nicht einmal, wen sie da an der Hand hielten. Aber daß da jemand war, das war das Allergewisseste, und daß es jemand vom anderen Geschlecht war, das auf dieser Welt durch nichts zu Übertreffende.

Sie hatten kaum das Foyer des Städtischen Hallenbades, an das die Saunaräumlichkeiten angeschlossen waren, betreten, da sahen sie auch schon neben der Kasse das handgeschriebene Schild mit der Aufschrift *Sauna: heute Frauentag*. Schlagartig überraschte ihn ein Gefühl der Enttäuschung, und er fragte beim Nähertreten leise: Ich darf nicht?

O doch, flüsterte sie, aber es ist viel schlimmer: Wir müssen getrennt gehen. *Frauentag* heißt: ein Raum für euch, einer für uns.

Aber nun machte sie die letzten Schritte zur Kasse. Zweimal Sauna, bitte.

Sie haben gesehen, daß heute Frauentag ist? meinte die Kassiererin und wies mit ihrem rosa Kugelschreiber dorthin, wo das Schild hing.

Wir haben. Ist aber wohl nicht viel los heute morgen, oder?

Ein Herr ist schon da. Aber Sie werden bei den Frauen wohl fürs erste allein bleiben. Sie kennen sich aus?

Beide nickten. Sie reichte den Geldschein weiter, den er ihr gegeben hatte, nahm das Wechselgeld, die Karten und die Schlüssel für die Umkleidekabinen und dann ihn bei der Hand. Sie zog ihn zu einer Doppeltür, deren eine Hälfte offenstand, so daß man auf der anderen nur noch die Buchstaben NA lesen konnte. Dann ging es durch einen langen hellen Gang, an dessen Ende zwei schmale Emailschilder die Damen nach links, die Herren nach rechts wiesen.

Auf deiner rechten Seite sind Umkleidekabinen, links hinter der Tür mit dem Glasfenster ist die Sauna, dahinter das Kaltwasserbecken. In einer Stunde treffen wir uns vor dem Gebäude wieder. Und weg war sie.

Gleich in der ersten Kabine, die merkwürdigerweise halb offenstand, sah er ein sorgfältig aufgehängtes grünes Polohemd. Dann öffnete er die übernächste und fand sie leer, überrascht, daß ihn das überraschte. Wieder meldete sich ein leichtes Gefühl von Panik, und geradezu ruckartig und als ob er sich selbst etwas beweisen müßte, zog er Schuhe, Hemd und Hose aus, zögerte kurz bei der Unterhose und streifte dann auch die ab. Zu seiner eigenen Überraschung sah er, daß er eine leichte Erektion hatte. Reflexhaft drehte er sich mit dem Rücken zur Tür. Dann nahm er eines der großen weißen Handtücher vom Stapel, wickelte es sich um die Hüften und steckte es fest.

Als er die Tür zur Sauna öffnete und Sekunden später – das hatte er sofort verstanden – wieder hinter sich schloß, wußte er auf der Stelle, daß ihm das gefallen und er wiederkommen würde. Natürlich nahm es ihm fast den Atem, und er hatte das Gefühl, wie eine Scheibe zu beschlagen und gleichsam undurchsichtig zu werden. Der andere, eine etwas rundliche Figur, die auf einer der oberen Bänke lag, hatte sich nur kurz zu ihm umgedreht und genickt. Also setzte er sich auf die Bank gleich neben der Tür, lockerte sein Handtuch und ließ es, wie er es beim anderen sah, über der Hüfte liegen. Er schwitzte, was sonst, und er genoß das.

Sie auch. Tatsächlich hatte sie ihre Sauna gänzlich leer vorgefunden, aber auch sie nahm gleich die erste Bank neben der Tür. Dort breitete sie ihre Handtücher aus – sie hatte sich zwei mitgenommen –, legte sich flach auf den Rücken und wartete darauf – nicht lange –, daß ihr der Schweiß ausbrach. Sie war stolz auf ihre Brüste; seit sie vor einem Jahr beim Chirurgen gewesen war, ging es an manchen Tagen ein-, zweimal wie eine warme Welle durch sie hindurch, und das war bisweilen so stark, daß sie in die Bürotoilette gehen, die Bluse aufknöpfen und hinschauen mußte. Gelegentlich gab sie dabei kleine Quiekgeräusche von sich.

Er teilte dieses Vergnügen übrigens und ertappte sich dabei, wie er sich die beiden Prachtstücke schweißglänzend vorstellte. Ein Aufseufzen seinerseits veranlaßte den Kollegen neuerlich dazu, sich kurz umzudrehen, was ihn wiederum darauf aufmerksam machte, daß unter seinem Handtuch einiges in Unordnung zu kommen drohte, oder auch in Ordnung, wie man will, jedenfalls zog er nun die Beine an, so daß er ganz auf der Bank zu sitzen kam, und legte sein Handtuch so, daß das kürzere Ende als Sichtblende diente und er sich mit dem längeren gelegentlich das Gesicht trocknen konnte. Das mußte er auch, da er fest entschlossen war, die Hitze von außen mit einer von innen kommenden auszugleichen und die imaginierte Wanderung über ihren Körper fortzusetzen. Was für eine Nacht lag da hinter ihnen, sie hatte das so noch kaum je erlebt. Dreimal war's passiert, das heißt eigentlich nur bei ihm, denn da sie rasch festgestellt hatte, was für ein Vergnügen es ihm bereitete, wenn sie mit kundigen Fingern auf ihm unterwegs war, indem diese Finger ein wenig hin und her bewegten, herum- und drüberhinwegtrippelten, wurde aus dem Vergnü- gen im Handumdrehn heiliger Ernst, auch wenn er das kleine Ereignis mit einer Art Juchzer begleitete, von dem er offenbar selbst überrascht war.

Das zweite Mal, keine zwanzig Minuten danach in die Wege geleitet, wurde dann das, was sie *ein ordentliches Ding* nannte, und sie waren wohlversorgt eingeschlafen. Warum sie dann zwei Stunden später wieder wach wur- den, nahezu gleichzeitig, wußten beide nicht und woll- ten es auch gar nicht wissen, weil sie gleich wieder mit dem Trippeln begonnen hatte, was ihn seinerseits zu einer Art schwerem Drängen, Wuchten und, wie man sagen muß, Machen anhielt, dem sie sich einfach nicht entziehen konnte.

Die Erinnerung daran ging jetzt beiden durch Mark und Bein, er saß da, an die Wand gelehnt, und sie lag inzwischen auf der Seite, war stolz, war erfüllt, und als sie dann beide sich einer Art Schüttelfrost ergaben, erge- ben mußten, da war es für ihn das vierte Mal in elf Stun- den gewesen, ein Rekord, den er auch später nicht leicht übertreffen sollte. Auch wenn er sich bald schon wieder vorstellte, was nach dem Frühstück sein würde.

Als er die Augen öffnete, stellte er fest, daß der Kollege, den er völlig vergessen hatte, den Raum bereits verlassen hatte.

Er hatte sich vor dem Gebäude auf eine kleine Mauer gesetzt, die zum Parkplatz hinüberführte. Er würde wie- der in die Sauna gehen, sicher. Ob er ihr davon erzählen sollte? Aber wie?

Er blickte jetzt schon eine ganze Weile einer Ameise zu, die sich damit abmühte, eine Fichtennadel durch den Kiesweg zu schleppen, wozu ihm allerdings nichts anderes einfiel als die Feststellung, daß er froh war, keine Ameise zu sein. Er freute sich vielmehr auf das angekündigte Frühstück, von dem er irgendwie fand, daß er es verdient habe. Jedenfalls hatte er Hunger, und er hatte Durst.

Da kam sie, lachend, rosig, bester Laune. Der sie da eingehakt hatte, war ein etwas rundlicher junger Mann im grünen Polohemd.

Ich muß dir unbedingt etwas erzählen, war ihr erster Satz, und: Das ist übrigens Manfred, ist es dir recht, wenn er mit uns frühstückt?, war ihr zweiter.

Die Frau

*Ihr Herz pochte freudig,
und nur darum, weil es pochte.*
W. H.

Sie hob den Kopf. Die Luft bewegte sich, ohne daß daraus wirklich Wind wurde. Ihr Haar rührte sich kaum, über die Augäpfel aber strich eine leichte Kühle. So empfand sie es, während sie in die Richtung blickte, aus der der Bus kommen sollte; und der war, wie so oft, verspätet. Der Himmel schien eine einzige kompakte Masse zu sein, ein unbewegter asphaltgrauer Riegel. Dabei war dieses Grau keine Ankündigung von Regen; es war vielmehr wie eine scheinbar endgültige, in Wahrheit aber nur unentschiedene Unbewegtheit zwischen Blau und Schwarz. Es war eine Wetterlage, wie die, die da auf den Bus wartete, sie besonders schätzte, ein Nicht-Wetter, anspruchslos, nichts fordernd, nichts vorbereitend.
Niemand hob bei solchem Himmel den Kopf. Sie aber tat es, erleichtert. Und zugleich wünschte sie mit einer sie selbst verwundernden Inständigkeit, der Himmel möge für immer in diesem Grau verharren, so als hätte er dann die Farbe gefunden, nach der er jahrtausendelang gesucht hatte, und der Bus möge nie kommen und sie bis ans Ende ihrer Tage hier und nirgendwo anders stehen. Ohne müde zu werden.
Auf der gegenüberliegenden Straßenseite, so sah sie es, ging ein gefleckter Hund. Schlich nicht, trottete nicht, ging.
Sie verlor sich.

Und als sie sich gefunden hatte, hatte es doch angefangen, behutsam zu regnen, und sie wußte wieder, daß es außer Raum und Zeit noch ein Drittes gab, von gleicher Bedeutung und Selbständigkeit: das Wetter. Ja, das war es: Raum und Zeit und Wetter, ein Viertes gab es nicht. Und zugleich wußte sie, daß sie den Bus hatte kommen, halten und wegfahren sehen, daß sie nicht eingestiegen war und es ganz selbstverständlich gefunden hatte, nicht in den Bus einzusteigen, auf den sie lange genug gewartet hatte. Und der Himmel, der nun regengrau war, gab ihr recht, wortlos, als sei noch etwas ganz anderes geschehen, als daß sie einen Bus verpaßt hatte.

Wieder hob sie den Kopf. Schräg gegenüber dem Hochhaus, das sie als das Verwaltungsgebäude des Krankenhauses nur zu gut kannte, begannen sich nun Wolkenbänke hinaufzuschieben, ohne daß sich daraus ein Muster ergeben hätte, geschweige denn eine veränderte Situation. Aus der entgegengesetzten Richtung, von dort, wo der Bahnhof lag, zeigten sich Helligkeiten, Abschilferungen des Dunklen, unter denen immer Helleres, dann immer Blaueres sich zeigte, und in dem Augenblick, als der Himmel dort aufriß und Licht in einen irgendwo entfernten Stadtteil fiel, kam neuerlich der Bus, und sie schaute sich um nach den beiden buntbedruckten Plastiksäcken, die sie dort, wie ihr schien, vor langer Zeit abgestellt hatte.

Da standen sie ja, kaum einen halben Meter voneinander entfernt, und während sich ihre Finger in die längst weich ausgezerrten, ein wenig feuchten Grifföffnungen schoben, verlor sie sich aufs neue, sah sich, wie sie sich zu einer Quelle hinabbeugte – und nie bis dahin

in ihrem Leben hatte sie überhaupt eine Quelle gesehen
– und das Kühle, wunderbar Nasse war so dicht vor ihr,
wie nur irgend etwas sein konnte, was wunderbar war
und dicht vor ihr.

Kann ich Ihnen helfen? Die Stimme, die das aus einer
ziemlichen Ferne zu ihr sagte, wirkte nicht störend, aber
auch nicht willkommen. Es war ein junger Mann, vielleicht gerade zwanzig, und sie hörte, wie sie zu ihrer eigenen Überraschung antwortete: Ich bin doppelt so alt
wie Sie, wissen Sie das?
Ich frage nur, ob ich helfen kann, und jetzt sah sie das
kurzgeschnittene Haar, die Augen, das dunkelgrüne T-
Shirt, die hellen Jeans und dazwischen, darüber das Grau,
die sanfte Farbe, und sie hörte sich sagen: Sie waren das
also, danke, und in ihr Lächeln hinein, das jedes Miß-
verständnis begreifbar zu machen schien, mischte sich
seine Ratlosigkeit.
Der Bus hielt.

Sie hatte Glück, falls das schon Glück war: Der Bus, in
dem sie nun saß, war einer der üblichen, kein Gelenk-
bus. Diese verursachten bei ihr starkes Unbehagen, seit
sie einmal in einen eingestiegen war, der so voll besetzt
war, daß sie auf der rotierenden Mitte stehen bleiben
mußte. In einer scharfen Kurve geriet dann eine alte
Frau, die neben ihr stand, aus dem Gleichgewicht, sie
hatte versucht, sie aufzufangen, mit dem Ergebnis, daß
sie beide fielen, und zwar sie selber so, daß sie, während
der Bus wieder in die Gerade einbog, spürte, daß sie

nun halb auf der Drehscheibe und halb in der anderen Bushälfte lag.

Nein, dieses Mal hatte sie einen Sitzplatz, und sie schaute aus dem Fenster. Allmählich lockerte sich die Bebauung, die in der Vorstadt bisweilen dichter war als im Zentrum. Der Bus hielt, und sie blickte auf die gegenüberliegende Seite, wo rundlich große grüne Container für Flaschen bereitstanden, die offensichtlich so restlos überfüllt waren, daß man zahllose weitere Flaschen drumherum abgestellt und übereinandergestapelt hatte. Wie oft schon hatte sie – vor allem montagmorgens – Männer mit schweren Wagen an solchen Containern halten sehen, die dann mit großen Plastiksäcken vor den Öffnungen standen, die sie zwangen, jede Flasche einzeln und unter weithin dringendem Krachen und Splittern dort hineinzuversenken, wobei sie jedesmal um sich blickten, als könnte man sie hier bei etwas Unanständigem ertappen: Sie schauten nach links, und sie schauten nach rechts, und sie schauten wie Hunde, die ihr Geschäft für eine Weile zu unbeweglichen Sündenböcken macht.

Wenig später sah sie die Glasfront jener Halle, auf die sie bei dieser Fahrt eigentlich immer wartete. Es war eine Art Hangar, wo im Halbschatten riesige Lastautos standen, monströse Zugmaschinen einer Spedition, die die Buchstaben ihres Namens rot und riesig aufgemalt bekommen hatten, eine Farbe, die sie jederzeit sprungbereit zu machen schien. Sie sah das und sah, daß die Riesen, solange sie hinsah, unbeweglich blieben, und das gab ihr ein Gefühl der Stärke.

Sie erinnerte sich sofort daran – und tat das jedesmal, wenn sie dort vorüberfuhr –, daß sie einmal gedacht hatte, wie es wohl wäre, in so ein Führerhaus hineinzusteigen, den Schlüssel neben dem riesigen Steuerrad hineinzustecken und dann –. Und dann? Und dann hätte sie ganz gewiß nicht weitergewußt, kein Wohin, kein Wieso und kein Womit, und sicher hätte ihr niemand geholfen, irgendwohin zu finden. Aber die Vorstellung, in so einem Steuerhaus zu sitzen, viele Meter – ja, so kam es ihr vor: viele, viele Meter –, also hoch über allen anderen, das jedenfalls und sicher nur für kurze Zeit, aber genug, um das Gefühl haben zu können: Es reicht. Weiter will ich nicht.

Nun suchte sie den Blick aus dem gegenüberliegenden Fenster und streifte dabei ein verlorenes Profil unter dunklem Haar, das sie sofort an den jungen Mann erinnerte, den sie derzeit als harmlosen Leistenbruchfall auf der Station liegen hatten. Für wenige Augenblicke war sie sich sicher, daß er es sei: Er war gewiß mit Abstand ihr hübschester Patient seit langem, und die anderen Schwestern gefielen sich immer wieder in frechen und manchmal sehr unmißverständlichen Andeutungen.

Ja, er war hübsch, und er lag allein in einem Zweierzimmer. Sie konnte sich gleichsam mit aller Gelassenheit an ihm erfreuen, da es natürlich die jüngeren Kolleginnen waren, denen seine Anspielungen galten. Zuletzt hatte sie ihn vor kurzem beim Nachtdienst gesehen: sie war wie üblich in sein Zimmer gekommen und hatte wahrgenommen, daß er schlief. Und im gleichen Augenblick sah sie das stumme Fernsehbild und sah dort ein Paar, das da wie in höchster Aufregung Liebe machte.

Das dumpfe Knacksen, mit dem sie rasch und wie ertappt den Apparat ausschaltete, kam ihr vor wie der Schuß aus einer schallgedämpften Pistole, ein Geräusch, das sie auch wieder nur aus dem Fernseher kannte. Der junge Mann lag unbewegt, und nachdem sie die Tür leise hinter sich geschlossen hatte, lehnte sie für ein paar Sekunden an der Wand des Flurs, lächelnd.

Als der Bus wieder hielt, stieg sie aus, zusammen mit zwei älteren Frauen. Jede hatte einen Blumenstrauß bei sich, die eine in der Linken, der anderen schaute er aus einer Art Einkaufstasche heraus. Sie blieb kurz vor dem Denkmal für die Gefallenen eines Krieges gegen Frankreich stehen: Auf einem sicher zwei Meter hohen Sockel kniete eine junge Trauernde, leicht überlebensgroß, der der eine Träger von der Schulter gerutscht war und die nun wie beteuernd, aber vergeblich ihre Nacktheit mit einer Hand zu verbergen suchte.

Sie liebte diese Figur, vielleicht gerade weil sie sich über ihre Lächerlichkeit so wenig täuschen konnte wie über ihr Anziehendes. Es war Fleisch aus Gußstein, und es verführte sie dazu, sich noch einmal umzudrehen, während sie mit unbewegtem Gesicht und entschlossen – aber zu was? – auf das hohe Tor zuging. Vor ihr, mit geringem Abstand voneinander, sah sie die beiden Frauen mit den Blumensträußen. Sie bogen gleich hinter dem Tor nach rechts ab, sie aber mit ihren beiden Plastiksäcken nach links.

Natürlich wußte sie, wo das Grab ihrer Eltern war. Sie wußte, warum sie dort hingingen, und sie wußte, wie sie dort hinkam, ganz exakt: an vier Querwegen vorüber geradeaus, dann nach rechts, dann wieder nach links und dann, nach der nächsten Abzweigung, nach rechts das zweite Grab, auch rechts. Zweimal im Jahr besuchte sie es, und jedesmal sagte sie sich, daß sie es ausschließlich tat, um zu kontrollieren, ob die Friedhofsgärtnerei, die sie damit beauftragt hatte, es auch so hielt, wie ihr Katalog es versprach. Das, fand sie, war sie nicht ihren Eltern, wohl aber sich selbst schuldig.

Bis jetzt war immer alles in Ordnung gewesen, und auch dieses Mal sah das Grab aufgeräumt und, wie es heißt, gepflegt aus. Billig war das nicht, aber sie hätte auch noch mehr dafür bezahlt, das Grab nicht selber pflegen zu müssen.

Und doch hatte sie bis jetzt noch jedesmal ein paar Topfblumen mitgebracht, kleine, dauerhafte, die sie dann mit einer Plastikkinderschaufel am Fußende der beiden Gräber einsetzte. Vor allem waren es sogenannte Usambara-Veilchen, eine Blume, die sie selbst sehr gern hatte und von der sie wußte, daß ihre Eltern, Mutter und Vater, sie nicht hatten ausstehen können.

Fiebermessen. Jedesmal, darauf konnte sie schon warten, mußte sie, sobald sie vor dem Grab ihrer Eltern stand, ans Fiebermessen denken, und nicht an irgendeines, sondern an ein bestimmtes Mal, als sie fünf oder sechs Jahre alt war und, soweit sie sich erinnern konnte, zum ersten Mal wirklich krank. Ihr Vater war damals plötzlich nachts an ihrem Bett gestanden und hatte ihr das Thermometer unter die feuchte und fieberheiße Achsel gesteckt, und dieses Thermometer war eiskalt, kälter als die Hand, die ihr ihr Vater auf die Stirn legte. Sie hatte geschrien und das Thermometer gegen den Willen ihres Vaters immer wieder weggetan, auch als es schon längst nicht mehr so kalt war, aber dann kam ihre Mutter, schob den Vater beiseite, beruhigte sie und zeigte ihr, daß sie das Glasröhrchen nur vorher eine Weile in der geschlossenen Hand zu halten brauchte, um es anzuwärmen, und das war es, was sie dann auch tat.

Seither war es für sie ausgemacht, daß ihre Mutter klüger war als ihr Vater, auch wenn alles andere dagegen sprach. Alles andere? Ja, hatte sie in den folgenden Jahren immer wieder gedacht – obwohl sie wußte, wie unüberlegt das war –, ja, alles andere.

So kontrollierte sie also das Grab ihrer Eltern, und sie hatte sich eingeredet – gegen diesen Gedanken konnte sie sich nie wehren, obwohl sie wußte, daß auch das unüberlegt war –, sie hatte sich eingeredet, diese Kontrolle sei so etwas wie Fiebermessen, als würde sie ihren Eltern, die da gestorben vor ihr unter der Erde lagen, das Fieber messen.

Sie blickte um sich. Und noch ehe sie, wie sie auch das immer tat, die Inschrift auf dem Granitstein halblaut vor sich hergesagt hatte, sah sie drüben, bei dem kleinen Gartenhäuschen, Bewegung, obwohl sie dort, in dem Areal, wo sie war, niemand anderen gesehen hatte und die beiden Frauen nach rechts abgebogen waren. Sie murmelte die Namen ihrer Eltern, erst den Vater, dann die Mutter, dann die Jahreszahlen und schließlich das, was über all dem eingraviert war und sie jedesmal mehr ergrimmte als zuvor: Ruhet in Frieden. Nein, sagte da etwas in ihr sehr laut und sehr bestimmt: Nein, nein.

Sie stand vor dem Grab und hörte, was sie sagte, und schaute zugleich nach drüben, dorthin, wo sie gemeint hatte, etwas gesehen zu haben. Aber es war ja ganz still, geradezu erwartungsvoll. Und sie sah mit einem Mal ihre Eltern vor sich, wie sie vor dem Grab der Großeltern standen – das war eine ganz andere Stadt, fast ein anderes Jahrhundert, ja beinahe eine ganz andere Familie.

Sie hatte seit langem schon den Plan einer Reise und hatte dabei oft an die norddeutsche Landschaft gedacht, aus der ihre Großeltern in den Süden gekommen waren, eine Landschaft, die sie nie gesehen hatte, nur von Bildern ein wenig kannte und die für sie im übrigen auch etwas Friedhofsruhiges hatte. Sie würde selbst später gern auf einer dieser grünen Wiesen unter einem weißen Stein liegen, in England hatte sie so etwas gesehen, und sie dachte sich das auch für Norddeutschland so; jedenfalls wollte sie, wenn es einmal soweit sein würde, nicht in einer derart aufgeräumten Kleinstadt liegen, wie es für sie dieser Friedhof war, wo sie sich nun auf einer nahen Bank ein wenig vom Hocken und Knien ausruhte.

Ja, sie war reiselustig, sehr. Wie sonst sollte sie dieses Gefühl nennen, das sie mit einem Mal derart sogartig von ihren Eltern entfernte, die da ganz klein vor einem fernen Grab standen und nun nur noch ein Punkt waren, der erlosch. Aus derselben Richtung kam es jetzt wie eine sehr starke Welle auf sie zu, ging über sie hinweg, und sie verlor sich, verlor sich ein drittes Mal an diesem Tag.

Sie saß, soviel wußte sie, schon seit längerem auf der Bank, die neben anderen an dem Hauptweg aufgestellt war, und hob jetzt den Kopf und sah als erstes das grüne T-Shirt, das sie sofort erkannte, wußte, daß sich jetzt etwas ereignen würde, das sie seit langem erwartet hatte und gegen dessen Gewalt sie sich wehren müßte, alle würden das von ihr erwartet haben, sie selbst ebenso.

Sofort aber wußte sie auch, daß in diesem Augenblick niemand schauen würde. Aber sie schaute selbst, wußte:

sie befand sich in einem Schattenwinkel möglicher Ereignisse, und sie hob den Kopf, noch einmal.

Die Hand, die ihr in die Haare gefahren war, ohne daß sie wirklich hätte sagen können, ob sie sie zugleich gerissen hatte, ergriff jedenfalls jetzt ihre Hand im richtigen Augenblick aus dem richtigen Winkel heraus, mit dem richtigen Druck und dem richtigen Zug, so daß die Bewegung, mit der sie sich dagegen wehrte, auch für sie selbst nicht zu unterscheiden war von irgendeiner der Zustimmung oder gar Aufforderung. Es war nun auch ganz gleich.

Sie spürte, wie sie um das Handgelenk gefaßt und zugleich hochgezogen wurde und wie sie dann dem grünen T-Shirt folgte, an der Hand, wie sie es sich immer von ihrem Bruder gewünscht hatte, den es nie gab. Und jetzt hob sie weder den Kopf noch den Blick, sondern sah die Jeans, und als sie in dem kleinen Gartenhäuschen angekommen waren und er dessen Holztür zugezogen und sogar verriegelt hatte, da war es ihr eine kurze Weile unmöglich, den Händen auf ihren Brüsten zu folgen, so sehr waren ihre eigenen unterwegs.

Gegen ihren Widerstand drückte er ihren Körper an die Wand. Ihren Körper, der sofort den Geruch erkannt und angenommen hatte, die Wärme und die Lautlosigkeit. Sie hörte ein schweres Luftholen, das zunehmend regelmäßiger wurde, während in ihr eine Stimme, die der ihren nur ähnlich war, sagte: Sie können mir helfen, ja, Sie können das.

Noch einmal hatte sie einen Blick auf die Denkmalsfrau geworfen, die auch jetzt nicht lächelte, und war dann in den Bus gestiegen, denselben wie vor einer Stunde, die Werbeaufschrift zeigte ihr das. Auch die beiden älteren Frauen waren wieder da, jetzt natürlich ohne Blumen, so wie sie ihre Plastiksäcke mit der kleinen Schaufel dort gelassen hatte, in einem der Abfallkübel oder auch daneben. Sie blickte aus dem Fenster, und gerade als der Bus abfuhr, fielen nun doch die ersten Tropfen, zunächst wie ohne Absicht, dann stärker. Der Himmel hatte seine Farbe kaum verändert, aber eine Elster flog jetzt vor dem Bus auf: schwarz, weiß.

Sie freute sich auf das Nachhausekommen: erst gestern hatte sie sich doch ein paar Reiseprospekte besorgt, die sie studieren wollte. Zwei Wochen Kreta, vielleicht?

Als sie ihre Tür aufsperrte, hatte sie für einen Augenblick die Vorstellung, in eine fremde Wohnung einzudringen, und diese Vorstellung gefiel ihr. Sie hielt auch noch an, als sie ihre Jacke an den vertrauten Haken hängte, und selbst, als sie in der Küche das Wasser mit einem Glas in der Hand lange laufen ließ, schien es ihr, als nähme sie sich etwas heraus. Aber schon während es ihr in kühlen Schlucken langsam durch die Kehle lief und sie spürte, wie diese Kühle sich von innen bis in die Fingerspitzen ausbreitete, blickte sie durch das kleine Fenster ihrer Küche auf den Häuserblock gegenüber, der genauso aussah wie der ihre, und sie fühlte sich zu Hause. Der Himmel zeigte immer noch sein gleichförmiges schönes Grau, während der Regen sich offenbar nicht entschließen konnte aufzuhören: Immer noch fielen da und dort Tropfen. Sie sah es mit den Augen einer Siegerin.

Etwas hatte sich ereignet, das wußte sie, und es war etwas, was sie nicht am nächsten Tag in der Zeitung lesen würde. Nur sie wußte es, und deswegen konnte es ihr auch niemand wegnehmen. Sie zog es vor, einstweilen nicht weiter darüber nachzudenken.

Das wurde ihr leichtgemacht, denn mit einem Mal und unwiderstehlich hatte sie einen wilden Heißhunger, und da sie zugleich davon erfüllt war, in diesem Fall verdient zu haben, wonach ihr gelüstete, konnte sie nur heftig enttäuscht sein, als sie die Tür des Kühlschranks öffnete und sofort sah, daß er nichts enthielt, was ihrem geradezu triumphalen Blick entsprochen hätte.

Sie entschied sich für Spiegeleier, nahm die Eierschachtel und die Butter heraus, öffnete die Schachtel. Es waren noch neun Eier in der Zehnerpackung. Ah ja, eines hatte sie ja heute morgen gegessen, wie immer an ihren freien Tagen hatte sie sich auch heute ein etwas üppigeres Frühstück zubereitet.

Sie ließ die Schachtel offen stehen, ging in ihr Wohnzimmer hinüber, zog die Prospekte aus dem Umschlag des Reisebüros, breitete sie irgendwie auf dem kleinen Couchtisch aus, ging wieder in die Küche, setzte Kaffeewasser auf, holte die Pfanne hervor, stellte sie auf den erhitzten Herd, tat die Butter hinein, dann zwei Eier, suchte nach dem Kaffeefilter und merkte auf einmal, daß es an ihrer Tür mindestens schon zweimal geläutet hatte. Und wieder war sie davon erfüllt, gewonnen zu haben, diesmal aber vermischt mit einem unklaren Gefühl, jemand komme, um ihr diesen Sieg über niemanden wieder streitig zu machen.

Das grüne T-Shirt war dunkelgrün vor Nässe, das war das erste, was sie sah. Sie hatte, entgegen ihrer Gewohnheit, aufgesperrt, ohne erst durch das kleine Guckloch geblickt zu haben, das in ihre Tür eingelassen war, sie hatte einfach geöffnet. Und da stand er, ebenso selbstgewiß wie unsicher von einem Bein auf das andere wechselnd, errötet vielleicht vom Laufen, vielleicht vor Zudringlichkeit, in der einen Hand eine Lilie, in der anderen einen Plastiksack, den sie sofort als einen von den beiden erkannte, die sie auf den Friedhof mitgenommen hatte.

Bitte entschuldigen Sie, brachte er leise und etwas undeutlich sprechend hervor, was sie sogleich unterbrach mit einem So kommen Sie doch erst einmal rein, und als er weiter nur unschlüssig an der Tür stehen blieb, nahm sie ihn einfach beim Handgelenk, zog ihn über die Schwelle und drückte die Tür hinter ihm zu. Da standen sie und sahen einander an. Bis sie sich mit dem Ausruf Die Eier! im Nu umwandte und die fünf Schritte in ihre Küche machte. Scheiße, hörte er sie von dort sagen, Scheiße, und als er ihr zwei Schritte nachging, sah er sie mit der Pfanne über dem Mistkübel hantieren, kam noch einen Schritt näher und fragte dann: Kann ich Ihnen helfen?

Prüfend blickte sie aus ihrer gebückten Haltung zu ihm auf, die Pfanne in der Linken und eine Gabel in der Rechten, wieder sahen sie einander an. Das bin ich heute schon einmal gefragt worden, antwortete sie mehr für sich, richtete sich dann aber entschlossen auf, warf Pfanne und Gabel in das Abwaschbecken, ließ Wasser drüberlaufen und schob ihn aus der Küchentüröffnung in den Flur zurück. Ja, sie legte ihm die Hand auf die Brust, schob ihn sanft in das Halbdunkel des Flurs zurück und ging ihm in das große Zimmer voraus, setzte sich dort an den kleinen Eßtisch, nicht aufs Sofa, zog einen zweiten Stuhl heran, und jetzt setzte auch er sich. Nach einer kleinen Pause, in der sie ihn ansah, er aber nur vor sich hin, sagte sie sehr bestimmt: Sie werden mir jetzt sagen, woher Sie wissen, wer ich bin und wo ich wohne. Und da er nicht gleich antwortete, setzte sie hinzu: Ich habe ein Recht darauf.

Von Ihren Rechten, kam es dann von ihm, wobei er weiterhin irgendeinen Punkt am Boden zu fixieren schien, weiß ich nichts. Ich habe die Namen auf dem Grab gelesen, in das Sie die Blumen eingegraben haben, und habe dann im Telefonbuch gesehen, daß es nur zwei Menschen mit diesem Namen in der Stadt gibt, und einer davon ist ein Mann. Es ist der Name, der an Ihrer Tür steht.

Von meinen Rechten weiß ich tatsächlich einiges, sagte sie und lachte, während sie aufstand und gleich darauf mit einem Rezeptblock des Städtischen Krankenhauses und einem gelben Bleistift zurückkehrte, und ich denke, das mindeste ist, daß ich von Ihnen das gleiche erfahre: Name, Adresse, Telefon. Sie schob ihm Block und Bleistift zu, und ohne zu zögern, ja mit offenkundiger Erleichterung schrieb er und schob dann den Block wieder zurück, nachdem er das oberste, das beschriebene Blatt einmal gefaltet hatte.

Sie haben mir einmal geholfen, vielleicht sogar zweimal, das genügt. Sie werden jetzt aufstehen und gehen. Und nie mehr vor dieser Tür stehen. Tatsächlich stand er sofort auf, und in diesem Augenblick roch sie das Feuchte seines T-Shirts. Wortlos ging er in den Flur, nickte ihr nur zu und war auch schon aus der Tür, die mit dem ihr vertrauten Schnappen ins Schloß fiel. Als sie gleich da-

rauf durch ihr Türauge blickte, sah sie nur noch den lee-
ren Korridor. Vor ihrer Küchentür lag die zusammen-
gesunkene Plastiktüte, und sie wußte, daß sie nichts anderes enthielt als eine zweite solche Tüte und eine gelbe
Plastikkinderschaufel.

Sie schaute aus dem Fenster und sah, daß es inzwischen
schüttete. Und daß der Himmel dunkelgrau war. Nun
setzte sie sich doch in ihr Sofa, zog die Beine an, und sie
spürte im nächsten Augenblick, wie eine große Anspan-
nung sie verließ. Gerade vernahm sie noch ein er-
leichtertes Aufseufzen, und sie hörte den Regen, da konnte sie ihren Blick schon nicht mehr bewegen. Auch sie
schien jetzt irgend etwas zu fixieren, und da sie zu lächeln begann, war es vielleicht sogar etwas Schönes. Sie
verlor sich.

Als sie wieder zu sich fand, stand sie sofort auf, ging
hinüber zum Eßtisch, nahm den Notizblock, faltete das
erste Blatt auf und las, im Stehen, was sie hatte wissen
wollen: Name, Adresse, Telefon. Und dann las sie, in
der etwas kindlichen Schrift, in der das Ganze geschrieben war, noch etwas, was ihr Auge freilich schon auf
den allerersten Blick erfaßt und durch sie hindurchge-
jagt hatte: Ich will Sie wiedersehn.

Am nächsten Morgen fuhr sie wie immer ins Krankenhaus und ging, noch ehe sie ihren Kittel anzog, in die
Personalabteilung und beantragte einen zweiwöchigen
Urlaub. Wie durch ein Wunder gelang es, Dienstersatz
für sie zu finden. In der zweiten Woche hätte sie Nachtdienst gehabt, aber mit dem Wohlwollen des Perso-
nalchefs wurde auch das arrangiert. In der Mittagspause

ging sie ein paar Straßen weiter ins Reisebüro, und schon nach zwanzig Minuten wußte sie, daß sie einen Tag später auf eine griechische Insel fliegen würde: nicht gerade Kreta, aber Zakynthos. Sie hörte den Namen zum ersten Mal, und er gefiel ihr.

Sie hatte die letzten Jahre auf sich geachtet, auf ihre Figur, und sie hatte eine. Jemand, mit dem sie einmal zwei, drei Nächte zusammen gewesen war, hatte ihre Brüste prunkvoll genannt. Das war zwar schon einige Jahre her, aber sie hatte das seltsame Wort nicht vergessen, und im übrigen wußte sie selbst, daß sie sich zeigen konnte. Der Sitte, halbnackt am Strand zu sitzen, wollte sie freilich nicht nur bei sich nichts abgewinnen. Dieser Strand war wirklich breit und lang, und das Meer flach und klar, und es war nicht einmal jeder Liegestuhl besetzt. Sie verließ daher den Hotelbereich in den ersten Tagen gar nicht, pendelte zwischen ihrem Zimmer, dem Strand und dem Restaurant, ging früh schlafen und stand früh auf. Dabei war sie eines Morgens auf dem Weg zum Meer an einem jungen Mann vorbeigekommen, der neben dem Swimmingpool des Hotels auf einer Plastikliege schlief und unübersehbar eine Morgenerektion hatte. Sie sah das, und sie sah das schlafende Gesicht, und es gefiel ihr sehr.
Sie war im Süden: Es gab Palmen, und es gab Ölbäume, und Büsche blühten am Straßenrand, die sie nur aus Blumengeschäften kannte. Vor allem aber war von morgens bis abends der Himmel blau, und während das Blau des Meeres sich nahezu stündlich zu ändern schien, war das des Himmels immer gleich. Sie hatte aber schon am

ersten Tag überall, in Bäumen und Sträuchern, Scharen von graubraunen Spatzen entdeckt, vielleicht etwas schlanker, vielleicht etwas größer als die heimischen, aber doch von der gleichen munteren Alltäglichkeit, die sie an diesen Vögeln so überaus schätzte, und es war schön, sich immer wieder von ihrem plötzlichen Auffliegen überraschen zu lassen.

Den dritten Abend verbrachte sie auf dem kleinen Balkon ihres Zimmers, das heißt, sie saß dort, seit sie nach dem Abendessen auf ihr Zimmer gegangen war, vermutlich bis weit über Mitternacht. Genauer hätte sie es nicht sagen können, nachdem sie ihre Uhr, als sie am späten Nachmittag vom Baden gekommen war, aus der Badetasche genommen und auf ihren Nachtschrank gelegt hatte – eine sogenannte Billiguhr, der sie, entgegen dem, was sie auf der Rückseite gelesen hatte, ihre Wasserfestigkeit nicht wirklich glaubte.

Sie saß dort im Halbdunkel und rührte sich nicht. Ihr Blick ging unverwandt hinüber zur Bar, die jenseits des Swimmingpools unter einem ausladenden Strohdach installiert war, hohe Hocker unter einer Kette aus Glühbirnen. Dazu kam eine Musik, die die ganze Gegend in eine Disco verwandeln zu wollen schien. Es tanzte aber, soweit sie sah, niemand. Und doch wohl auch niemand im Dunkeln, gleichsam heimlich, zu zweit?

Sie saß weiter dort, trank von dem Weißwein, den sie in ihrer Minibar gefunden hatte und dessen Schraubverschluß sich lange nicht drehen wollte. Die Leute an der Bar rührten sich kaum. Von Tanzen konnte überhaupt nicht die Rede sein, dachte sie, als im selben Moment ein Paar in ungelenker Umarmung und einer Art rhythmischem Schwanken im Takt der Musik verschwand.

Ihr Blick glitt langsam und gleichsam ohne Nötigung über den Swimmingpool und wieder Richtung Bar, blieb aber tatsächlich am Pool hängen: sie sah das vollkommen unwirkliche Blau, ein Blau, das es gewiß nirgendwo sonst gab, und sie sah die Lichtreflexe, die der Scheinwerfer verursachte und die aussahen, dachte sie, wie das Innere einer Muschel oder, dachte sie bald darauf, wie ein Fächer oder, wie sie dann dachte, wie das Muster einer Bluse, die sie vor langen Jahren getragen hatte, in ihrer Tanzstundenzeit, kurz bevor sie mit der Schwesternschule begonnen hatte, ein Entschluß, der in einer für sie ungeklärten Weise mit der Tanzschule zusammenhing.

Über all das dachte sie nach, als sie dort saß und während so mancher die Bar verließ. Neue waren schon lange nicht mehr hinzugekommen. Die Stimmen wurden leiser, die Musik verstummte plötzlich mitten in einem Song, und dann stellte jemand die Hocker auf die Theke, während sich ihr Blick nun wieder im Blau des Pools verlor und sie das Gefühl hatte, diesem Blick hinterhersuchen zu müssen, um ihn zu sichern oder wenigstens etwas sicherer zu machen.

Im übrigen lag sie am Strand oder auf ihrem Bett und las dicke Taschenbücher, die sie sich noch am Flughafen rasch zusammengesucht hatte. Die Autoren kannte sie alle nicht und stellte erst beim Auspacken fest, daß es alles Autorinnen waren. Dabei hatte sie sich ausschließlich nach den Umschlagbildern gerichtet.

Sie las, und wenn sie nicht las, schaute sie den Menschen zu, die um sie herum lagen, saßen, gingen oder schwammen. Am Anfang hatte sie den Eindruck, überhaupt nicht dazuzugehören, bis sie den Grund dafür herausbekommen hatte: Nahezu alle waren tätowiert, Männer wie Frauen, und auch die Kinder hatten bereits irgendein fernöstliches Zeichen auf ihrer Schulter. Das herausgefunden zu haben und die Nachbarschaft der Spatzen sorgten dafür, daß sie sich auskannte und ziemlich wohl fühlte, und von da an verging die Zeit nahezu unmerklich.

Hinzu kam, daß sie sich bald mit einem älteren Ehepaar bekannt gemacht hatte, Landsleuten, die nicht zum ersten Mal auf der Insel waren. Vor allem die Frau schien immer aufgeräumt und leutselig zu sein, und sie war daher froh, bei den abendlichen Hotelmahlzeiten nicht allein sitzen zu müssen. Im übrigen hatte sie schon das Mädchen im Reisebüro mit leichter Verschwörermiene darauf aufmerksam gemacht, daß zwar die Zeiten vorüber seien, wo die jungen Männer aus den umliegenden Dörfern die Gigolos gemacht hätten, dafür gebe es jetzt aber rudelweise Jungstiere, so drückte die Touristikfrau sich aus, die aus Birmingham oder Liverpool mit der festen Absicht kämen zu beweisen, daß man auch im täglichen Vollrausch sozusagen noch seinen Mann stehen könne. Auch vor denen schützte sie das Paar.

Etwa nach der Hälfte ihrer Zeit gab es einen Abend, an dem das Paar tatsächlich eine Art Liebesanfall hatte, der unübersehbar war. Sie saßen an einem kleinen Tisch im Hotelrestaurant, das, abgesehen von zwei gleichen Postern, die jenen Abschnitt der Insel zeigten, wo ihr Hotel stand, vollkommen schmucklos war. Das Ehepaar saß einander gegenüber, sie selbst an der Seite der Frau, und während beide mit Fragen und Geschichten auf sie einredeten, faßten sie nach den Händen des anderen, auf dem Tisch, und trotz ihres Alters sahen für sie diese Hände aus wie etwas Unanständiges.

Ihre Eltern hatten einander nie angefaßt, jedenfalls nicht so und jedenfalls nicht in ihrer Gegenwart. Das war ihr – so selten sie darüber überhaupt nachdachte – auch immer selbstverständlich und richtig erschienen und vor allem nicht als ein Zeichen von Lieblosigkeit. Es gab sicher andre und wesentlichere Zeichen und Gesten, sie hatte das eigentlich schon als Kind so gedacht. Ihre eigene, sozusagen anfallsweise Lust, jemanden anzufassen, zu drücken, ja zu quetschen, war ihr nur knapp nach der Pubertät peinlich gewesen – sie hatte diese Lust ja schon als kleines Kind gehabt –, seither war sie zunehmend davon überzeugt, daß die Menschen unterschiedliche Zeichen hatten, und alle hatten ihre Berechtigung. Aber daher kam es auch, meinte sie, daß so selten zwei stimmig zueinanderfanden, und so einfach, wie die beiden es jetzt zeigten, nein, so einfach war es gewiß nicht. Auf einmal war sie sich nicht sicher, ob ihr da nicht etwas gezeigt werden sollte.

Als die Frau sie dann auch noch nach ihrem Liebsten zu Hause fragte, mit der ganzen Ahnungslosigkeit der langjährigen Ehefrau, für die ein Leben allein jenseits jeder Vorstellung war, da verlor sie kurz die Fasson, und nur dem Umstand, daß die beiden so begeistert mit sich selbst beschäftigt waren, verdankte sie es, daß sie nichts davon merkten.

Sie ging früher als sonst auf ihr Zimmer und saß dann, sie wußte nicht wie lange, auf der Bettkante, in einem Gedankengewirr, in dem vieles eine Rolle spielte, ihr Vater etwa, das Mädchen aus dem Reisebüro und eine kleine Plastikschaufel, allerdings eine grüne. Und sie sah gleichsam von oben, wie sie einen Zettel aus ihrer Handtasche zog. Lange schaute sie darauf, griff dann zum Telefon und wählte. Als sie den Anrufbeantworter hörte, legte sie auf, noch bevor der Piepston kam, und tatsächlich sah sie in dieser Sekunde den Rücken im nassen grünen T-Shirt und dann ihre Wohnungstür, die sich hinter ihm schloß. Und sie spürte nur allzu deutlich, wie sehr sie ihm übelnahm, daß er jetzt nicht mit ihr auf dieser Bettkante saß, und so verrückt dieses Gefühl auch war, so wenig konnte sie sich dagegen wehren.

Als sie am nächsten Morgen in der Schlange vor dem Frühstücksbüffet stand und deren Langsamkeit genoß, die ihr Zeit zum Auswählen unter den wenigen immer gleichen Dingen ließ, da sah sie bereits das Ehepaar ihr zuwinken, aufgeräumt und offensichtlich auf sie wartend, und sofort schien ihr deren angebliche Liebeslustigkeit vom Vorabend nichts als Einbildung zu sein: in dem Alter!

Sie war daher gar nicht überrascht, als die beiden ihr für den Vormittag einen Ausflug in die Hauptstadt der Insel vorschlugen, eine kleine gemeinsame Unternehmung, die ihr sogleich als eine Art Wiedergutmachung vorkam. Es gebe eine wunderbare Süßigkeit als Spezialität dieser Insel, erklärte ihr der Mann, genaugenommen sogar zwei, die man probiert haben müsse. Man sei dann immer noch rechtzeitig zu einem Nachmittagsschwimmen wieder zurück.

Sie hatte nicht die geringste Lust. Sie mache sich nichts aus Süßem, wandte sie daher ein und mußte das nicht einmal erfinden. Aber die beiden waren offensichtlich entschlossen, keinen Einwand gelten zu lassen, und sie kamen ihr vor wie jemand, der unbedingt irgendwen mit seiner Güte überrumpeln will. Und also ließ sie sich überrumpeln – es gab schließlich Schlimmeres, und vielleicht sollte sie ja wirklich ein bißchen mehr von dieser Insel gesehen haben als den Strand, ein Hotel und ein paar Spatzen. Sie willigte ein.

Schon nach wenigen Kilometern fuhr sie das Taxi über ein paar Bergrücken, auf denen es vor noch nicht allzulanger Zeit gebrannt haben mußte, sie sahen die schwarzverkohlten Baumreste. Verheerend, sagte der Mann, und die Frau und der Taxifahrer, der gleich verstand, was gemeint war, nickten beide, während der Mann noch einmal sagte: verheerend. Tatsächlich stellte sie sich sofort eine Art militärischer Truppe in schwarzen Uniformen vor – sie hatte so etwas einmal in einem Film gesehen, wo sonst? –, die durch die verkohlten Stümpfe und Ruten vorrückten.

Als das Taxi auf der Hafenstraße bei der Hauptkirche angekommen war, wurde ihr Versuch zu zahlen von dem Paar entschieden abgewehrt mit dem Satz, die Herfahrt übernähmen sie. Der Mann schlug als erstes die Besichtigung der Kirche vor, und sie folgte ihm auch ohne Widerrede, obwohl sie noch nie ganz begriffen hatte, wie man Kirchen besichtigen könne, als seien sie ein Theater oder ein Museum.

Das Schattige in dem großen Raum war ihr angenehm und zerstreute sie. Sie ließ sich, schien ihr, ein wenig treiben und blieb dann vor einem schlanken Marmorrelief stehen, auf dem sich ein stehender Heiliger leicht vorwölbte.

Etwas daran zog sie an, ohne daß sie so recht sagen konnte, was es war. Sie war dann selbst befremdet, als ihr mit einem Mal ihr Oberarzt einfiel, der bisweilen bei Besprechungen, wenn er etwas herausgefunden zu haben glaubte, aufstand und eine ganz ähnliche Figur wie dieser Heilige machte, der ihr in seiner Gleichmäßigkeit im selben Augenblick aber auch schon ein wenig langweilig vorkam. Als sie sich wieder abwandte, entdeckte sie ihre Bekannten, die sich leise unterhielten und sie dabei lächelnd anschauten. Sie fühlte sich ertappt und wußte im Moment nicht einmal, ob grundlos oder nicht. Sie ging rasch weiter, und die beiden gingen mit.

Gleich rechter Hand kamen sie in eine Nebenkapelle, wo soeben ein Priester ein paar Klappen an einer rotgoldenen Sargkiste öffnete, hinter der sie den Leichnam des Heiligen, oder was davon noch übrig war, vermutete. Als sie aber sah, wie ein junger Mann den Kopf durch die Klappe bei den Füßen des Heiligen steckte, mußte sie sofort wegschauen, und sie drängte nach draußen.

Als das Paar Minuten später nachkam, schien niemand Erklärungen zu erwarten. Vielmehr wurde sofort der Einkauf der versprochenen Süßigkeiten vorgeschlagen, und auch dieses Mal willigte sie ein. Sie entdeckte bald, daß offenbar an jeder zweiten Straßenecke ein Laden für die Inselspezialitäten war, und verstand daher zunächst nicht, warum die beiden nicht einfach in irgendeinen hineingingen. Schon bald aber machte das eine oder andere Streitwort deutlich, daß sie dasselbe Geschäft suchten, wo sie das letzte Mal eingekauft hatten. Endlich waren sie sich an einem kleinen Platz einig, es wiedergefunden zu haben. Sie wollten das dann auch unbedingt dem Besitzer, der aber wohl nur ein Verkäufer war, mitteilen, also last year, hörte sie, und dann wollten sie anscheinend eine Art Gratisverkostung, was erst den Unwillen des Verkäufers und dann den des Paars hervorrief. Sie kauften schließlich an einem der Kioske an der Hafenstraße.

Als sie bald darauf an einen kleinen dreieckigen Platz gelangt waren, erinnerte sich der Mann sofort daran, daß dort ein Museum sei, das sie unbedingt besuchen sollten, ein Dichtermuseum, hochinteressant. Sie gestand, noch nie in einem Dichtermuseum und sehr lange schon in gar keinem Museum gewesen zu sein, und willigte willenlos – inzwischen war es sehr heiß geworden – ein drittes Mal ein.

Sie betraten ein halbdunkles Vestibül, und da die beiden ihr den Vortritt gelassen hatten, sah sie sich zur Kasse geschoben und bezahlte three tickets. Dann wurden sie zur linken Tür gewiesen, und sie sah sich mit einem Mal zwei Sarkophagen gegenüber, begriff, daß sie in eine Art Mausoleum geraten war, wo ihr fremde Schriftzeichen etwas sagen und zugleich verschweigen wollten, und floh.

Hochinteressant, hochinteressant, meinten zehn Minuten später er und sie, als man sich auf dem dreieckigen Platz wieder traf. Sie hatte sich inzwischen für eines der umliegenden Cafés entschieden, und zu ihrer Erleichterung waren die beiden vollkommen damit einverstanden, daß man sich dort in einer Stunde wieder treffen wolle.

Aber kaum war das Paar, das sie gerade noch Pärchen nennen wollte, um die Ecke, mit einem gänzlich unironischen letzten Winken, da überfiel sie ein Gefühl derartiger Verelendung, daß es sie tatsächlich würgte. Sie stand fast in der Mitte des Platzes, die Linke am Hals, und konnte sich für Sekunden kaum auf den Beinen halten.

Als sie schließlich gemeinsam im Taxi – demselben wie bei der Herfahrt, sie erkannte den Fahrer – die Stadt verließen, war es noch vollkommen hell, als sie sich aber ihrem Ort näherten, registrierte sie mit Erleichterung, daß der Himmel begann, sein Blau zu entschärfen. Es ging ihr deutlich besser, stellte sie für sich fest, und wie um sich das selbst zu beweisen, bat sie, kaum daß sie das Ortsschild erreicht hatten und auf der Hauptgeschäftsstraße waren, den Fahrer anzuhalten, sagte, sie wolle sich noch eine Zeitung kaufen (es wäre die erste in diesen Tagen gewesen), und man sehe sich dann ja am Abend sicher wieder, und schon war sie draußen. Zumindest diese Taxifahrt würde nicht sie bezahlen.

Hatte sie eben noch Hauptgeschäftsstraße gemeint? Da vorn fuhr das Taxi um die Ecke, hier stand sie und schämte sich. Ja, sie fand sehr wohl, daß sie ein Recht gehabt hatte, so zu handeln, und immer schon hatte sie gefunden, daß Recht nur so lange etwas bedeutet, wie man auch bereit ist, es sich zu nehmen.

Aber wegen der paar Euro? Was wußte sie denn schon, wie es den beiden ging, was sie sich leisten konnten? Sie beschloß, das noch am selben Abend auf die eine oder andere Art wiedergutzumachen, vergaß das nahezu gleichzeitig und fühlte sich einverstanden. Mit allem, sozusagen, in diesem Augenblick.

Während sie nun langsam, Schritt um Schritt, diese Straße entlangging und ein Licht nach dem anderen zu leuchten begann, erkannte sie oder erkannte eben nicht, wo sie sich da bewegte. Links und rechts reihten sich Fassaden aneinander, die die reine Vordergründigkeit waren und hinter denen man in den seltensten Fällen noch einen Raum vermutet hätte, in dem man sich aufhalten könnte. Keines der Häuser machte ein Hehl daraus, daß es die Vorbeiflanierenden einfangen wollte. Geschäfte gab es, mit Ausnahme von ein paar Nippes- und Postkartenverkäufern, keine, alles waren Bars, Restaurants, Tavernen. Und das Seltsame war: eines war häßlicher als das andere, und doch sahen alle gleich aus. Vor vielen Lokalen standen schwarze Tafeln, auf denen mit Kreide der Spielbeginn und die Mannschaften der englischen Fußballiga angeschrieben waren, die man dort via Satellit am Abend im Fernsehen übertragen würde. Sie nahm jedenfalls an, daß es um Fußball ging, sie las da und dort englische Städtenamen. Und im Handumdrehen hatte sie sich verlaufen.

Drei-, viermal ging sie die Straße rauf und runter und versuchte es schließlich mit einer Nebenstraße. Sofort nahm das Las-Vegashafte ab und die Schäbigkeit zu, so daß sie über eine weitere Nebenstraße wieder zur Hauptstraße kommen wollte. Angst hatte sie keine, aber sie merkte, wie sie sich genau das jetzt im stillen vorsagte.

Sie hatte vorhin auf einer der Styroporfassaden oben zwei Feuertöpfe gesehen, aus denen tatsächlich Flammen schlugen, als würde dort irgend etwas abgefackelt. Sie sah sie auch jetzt, zwar eher entfernt, aber sie schienen rasch näher zu kommen, um dann aber mit einem Mal, wohl hinter anderen Gebäuden, verschwunden zu sein. Aber die Richtung wußte sie doch noch, oder?

Sie schaute um sich. Gott sei Dank belebte sich die Gegend wieder. Es ist wie beim Schwimmen, es ist wie beim Schwimmen, sagte sie sich jetzt, ich darf nicht aufhören, mich zu bewegen, sonst gehe ich unter. Und da war sie auch schon stehengeblieben.

Natürlich ging sie keineswegs unter, vielmehr hörte sie nun, wie jemand neben ihr sagte: Can I help you?

Sie drehte sich und schaute in ein Gesicht, das ihr sofort gefiel und von dem sie wußte, daß sie es schon einmal gesehen hatte, vor nicht allzulanger Zeit, und sie sagte, ja, tatsächlich könne er das. Sie sagte ihm den Namen ihres Hotels und daß sie es von hier aus nicht recht finden könne, und sie war mit dem Englisch, das sie da so spontan hervorgesprudelt hatte, ziemlich zufrieden.

Well, das sei auch sein Hotel, funny, isn't it, und wenn sie nichts dagegen habe, würde er sie gern dorthin bringen, er sei auch auf dem Weg nach Hause.

Sie stimmte zu, froh, endlich aus dieser Unterwelt hinauszufinden, und im selben Moment bereute sie heftig, sich diesem fast wildfremden Mann anvertraut zu haben, und erneut grübelte sie darüber, wo sie dieses Gesicht schon gesehen hatte. Gleichzeitig ärgerte sie sich über sich, als sie merkte, daß sie auf seine Frage nach dem Abend wartete und daß es schon wieder diese Mischung von Befürchtung und Erwartung oder eigentlich von Angst und Hoffnung war, die sie doch aus ihrem Leben schon zur Genüge kannte. Und während sie merkte, daß sie sich ein wenig verlor, ging sie einfach neben ihm weiter, der zum Glück irgend etwas erzählte und sie dabei leicht am Arm genommen hatte.

Tatsächlich war sie zuvor ständig mit irgendwem zusammengestoßen, und niemandem schien das etwas ausgemacht zu haben, jetzt aber ging sie, von diesem jungen Engländer geführt, ganz frei dahin, als gehöre die Straße ihnen, und dabei waren inzwischen eher noch mehr Leute unterwegs als vorher.

Dann, kurz bevor sie das Hotel erreicht hatte, kam die jetzt nur noch erhoffte Frage, und sie sagte, sie brauche eine halbe Stunde, dann sei sie wieder unten. Sie ließen sich ihre Schlüssel geben, er auch, und sie mußte sich wie von sehr fern dabei beobachten, wie sie ihren massiven Schlüsselanhänger so drehte, daß er kaum anders konnte, als die Nummer zu lesen.

Jetzt stand sie vor dem Lift, der gleich kommen würde, und spürte all die fremden Blicke in ihrem Rücken. ‚Fiebermessen‘ schoß durch ihren Kopf und war schon wieder weg. Als sie in den Lift einstieg, sah sie das Ehepaar vor sich, das jetzt vermutlich in einem der Zimmer des Hotels saß und davon ausging, das Abendessen wie an den vorangegangenen Abenden mit ihr gemeinsam zu verbringen, wobei man sich noch viel über den Tag in der Stadt zu erzählen haben würde. War es nicht äußerst unhöflich, sie, die doch die ganze Zeit so freundlich zu ihr gewesen waren, einfach zu versetzen? Hatte sie nicht vor kurzem noch das Gefühl gehabt, etwas wiedergutmachen zu sollen?

Sobald sie in ihrem Zimmer angekommen war, wollte sie sich die Telefonnummer der beiden geben lassen und wurde darüber aufgeklärt, daß sie identisch mit der Zimmernummer sei. Es gab also in diesem Hotel, was das anging, sowieso keine Geheimnisse, sie hätte da gar nichts so demonstrativ verraten müssen. Sie entschuldigte sich, phantasielos genug, mit Kopfschmerzen und ahnte, daß man ihr nicht glauben würde.

Wie sie es gewohnt war, entschied sie vor dem Duschen, was sie anschließend anziehen würde, und da ihre Auswahl auch nicht groß war, entschied sie sich ziemlich rasch: ein knappes Top und ein kurzer Rock, beides hatte sie noch nie angehabt, und sie entsann sich recht gut, daß sie sich schon zu Hause beim Einpacken gefragt hatte, bei welcher Gelegenheit sie das wohl anziehen wolle. Aber hatte sie es nicht immerhin vor gar nicht so langer Zeit gekauft? Kopflos etwa?

Kaum, daß sie in der Dusche die richtige Temperaturmischung gefunden hatte, breitete sich in Sekundenschnelle ein geradezu radikales Wohlgefühl in ihr aus, als habe mit einem Mal nicht nur dieser Tag, sondern ein ganzer großer Abschnitt ihres Lebens seine Erklärung gefunden, eine Erklärung, von der sie aber gleichzeitig gar nichts wissen wollte. Ja, alles mochte irgendwie einen Sinn haben, aber wenn dem wirklich so war, wozu den dann auch noch erklären? Jetzt jedenfalls nicht. Entweder oder, schwarz oder weiß.

Sekunden später stand sie fast unbewegt in der Duschkabine, und der warme Regen ging ins Leere, gegen die gekachelte Wand: natürlich, jetzt auf einmal wußte sie doch, woher sie dieses Gesicht kannte, das ihr gleich so gut gefallen hatte. Es war niemand anderer als der junge Mann, den sie gleich am Anfang morgens auf der Plastikliege angetroffen hatte, daliegend, schlafend und mit dieser unübersehbaren Erektion unter den dünnen hellen Shorts. Er war es.

Aber war das nicht völlig unschuldig gewesen? Gewiß, aber wer hatte denn von Schuld gesprochen? Niemand natürlich, oder doch? Es war auf einmal alles sehr verwirrend. Offenbar wußte sie etwas von ihm, was er nicht einmal selber wissen konnte, und warum fühlte sie sich trotzdem unterlegen? Sie hatte das doch in ihrem Beruf immer mal wieder gesehen, und warum mußte sie ausgerechnet jetzt wieder an Fiebermessen denken?

Sie beschloß, doch etwas anderes anzuziehen, und zog ein freundliches Kleid hervor, das sie vor Tagen schon angehabt hatte, als sie sich das erste Mal mit dem Ehepaar zum Abendessen verabredet hatte. Sie fand, es stand ihr, und sie fand, daß das genügte.

Als sie mit dem Lift hinunterfuhr, pünktlich, war er nicht da. Sie beschloß darum, und das war ihr ganz recht, vorab in die Bar zu gehen und vielleicht einen Cocktail zu trinken, einen Martini stellte sie sich vor, es sei denn, der Barmann würde ihr etwas anderes empfehlen. Sie kam in die Bar, und da saß er an der Theke, bei einem Bier. Da alle anderen Hocker besetzt waren, stellte sie sich einfach neben ihn und sagte dem Barmann, sie wolle, warum eigentlich nicht, auch ein Bier. Der Engländer, der sich ganz offensichtlich freute, daß sie tatsächlich gekommen war – hatte er wirklich etwas anderes erwartet? –, erhob sich kurz, begrüßte sie mit einem Kuß auf die Wange und setzte sich wieder. Sie stand.

Während sie auf den Mann schaute, der ihr das Bier zapfte – es gab Faßbier, englisches, daher die Beliebtheit dieser Bar auch bei Gästen aus anderen Hotels – und den sie vom Frühstücksservice her kannte, spürte sie die an ihr auf und ab gleitenden Blicke des jungen Engländers, und sie ahnte schon: sie würde sich Mühe geben müssen. Außerdem hatte auch sie ihre prüfenden Blicke, mit denen sie freilich nur herausfinden wollte, ob da unter dem Dutzend Bargästen noch so ein Paar war, das sich Mut antrank. Offenbar nicht.

Aber das galt anscheinend sowieso nur für sie: dem jungen Mann schien das ganz gleich zu sein. Er saß da auf seinem Hocker, trank Bier und machte nur dann und wann eine Bemerkung zu ihr über das Hotel und seine Preise.

Sie brachen auf. Seine Frage ‚Greek, Italian or British‘ war für sie leicht zu beantworten: mit der griechischen Küche hatte sie bisher schon nicht viel anfangen können – Olivenöl widerstand ihr, und Frittiertes war ihr immer zu fett –, unter der britischen konnte sie sich eigentlich, obwohl sie ja schon in England gewesen war, gar nichts vorstellen, und Pizza aß sie immer gern. Bei ihrem Hausitaliener schloß sie still für sich gern Wetten ab, wer am Tisch welche Pizza bestellen würde, und sie irrte sich selten.

Er führte sie daraufhin in ein Lokal, wo es außer Fish and Chips auch eine lange Liste mit Pizzavariationen gab. Die Stühle waren aus Plastik, die Tische aus Holz und die Dekoration an den Wänden die reine Niedertracht. Aber die Pizza selbst war gelungen, und als er sagte ‚Four Seasons, please‘, ging es ihr gut.

Sie hätte sich gern ein wenig in seinem Gesicht umgesehen, aber sie spürte zwischendurch immer wieder seine eindeutigen Blicke auf sich, spürte sie auf sich herumrutschen. Wie anders würde sie sich jetzt am Tisch des Ehepaars fühlen, das sie allerdings auch immer wieder taxiert hatte, wenngleich heimlicher.

Sie hätte hinterher nicht sagen können, worüber die Unterhaltung ging, aber sehr kompliziert war sie nicht, und ihre Englischkenntnisse reichten. Er selbst wußte außer zwei, drei unangenehmen Wörtern nichts auf deutsch.

Sie sah, daß er sie wollte, und für einen Augenblick bedauerte sie, daß es nicht jeder sah. Aber im Grunde war es nicht so sehr, daß sie sich geschmeichelt fühlte, das war es nicht. Vielmehr wußte sie sich auf exterritorialem Gebiet und sozusagen in exterritorialer Zeit. Und das Wetter? Sie blickte um sich und nahm dann über seiner linken Schulter einen blau irisierenden Streifen wahr. Ein Swimming-pool? Eine Leuchtreklame? Eine Art Phosphorhorizont? Und was war dann dahinter?

Let's go, hörte sie ihn sagen, und ihren heftigen Versuch, die eigene Rechnung zu bezahlen, quittierte er mit einem Lachen. War das zwischen ihnen beiden auch eine Rechnung? I'll take you home. Natürlich brachte er sie, und ob das zu Hause war, würde sich ja herausstellen.

Gerade als sie die Tür hinter ihnen ins Schloß gedrückt und den Schlüssel herumgedreht hatte – war das nicht das endgültige Zeichen ihres Einverständnisses gewesen? –, drängte er sie gegen die Tür zurück und begann, wie sie sofort dachte, mit der Arbeit. Er küßte gut, sie war ganz wach, und seine Hände wußten, was sie zu tun hatten. Schnell, vielleicht zu schnell für das ihr verbliebene Zeitgefühl, war sie ausgezogen oder, wie sie jetzt fand, nackt. War es nicht darum gegangen? War es nicht darum gegangen, nackt zu sein, nicht ausgezogen? Auch wenn nicht viel Licht durch das große Fenster hereindrang, es war genug, um zu sehen, genug, um sich sehen zu lassen.

Und er schaute sie an, während er auch sich rasch auszog, schaute sie an, wie sie dastand mit ihren großen Brüsten, die im Augenblick alles waren, was sie hatte, und sie schaute ihn an und sah jetzt das, was sie als erstes an ihm wahrgenommen hatte, und auch das war jetzt nackt, besonders nackt.

Dann war er auf ihr, er hatte sie geschoben, vielleicht sogar gestoßen, und dennoch: die Schultern, die Hüften, die Schenkel, alles, schien ihr, paßte zueinander. Sie öffnete sich und griff, wie sie es gewohnt war, nach unten, um ihm hineinzuhelfen, als er sich herunterrollte und eine kalte Stimme neben ihrem Ohr ‚Don't you touch him' zischte, und noch einmal, schärfer: ‚Don't you touch him'.

Im gleichen Augenblick hatte er ihr Handgelenk gepackt und ihr den Arm unter den Rücken gedreht, während er ihre Schenkel hoch und gleichzeitig auseinanderdrückte, sich wieder über sie schob und etwas Drittes, Hartes an ihr stocherte, schmerzhaft für sie, und sie sagte das, ‚Du tust mir weh', auf deutsch, und er noch einmal ‚Don't touch him'. Es war Gewalt, was von ihm ausging, er tat ihr weh. Aber er tat weiter, was er tat, und als mit einem Mal über ihr ein Himmel war, grau von Spatzen, die alle gleichzeitig schwirrten und tschilpten und mit ihren kleinen Schnäbeln ihr immer näher kamen, riß es auf.

Sie sah kaum hin, während er sich anzog, den Schlüssel drehte und hinter der Tür verschwand, und auch, was er ihr da noch mit einer Art leisem Rufen gesagt hatte, nahm sie nicht wahr. Aber soviel wußte sie: sie verzieh ihm jetzt und auf der Stelle nichts, und sie sah sich auf die Plastikliege zugehen und das, was da immer noch

aufragte, mit einem Griff niederdrücken, als wollte sie
es abbrechen.

Als sie am nächsten Morgen aufwachte, versuchte sie
sich nicht zu rühren. Sie ahnte, daß sie ihrer Erinnerung
die Zeit lassen mußte, ihren Körper abzutasten. Mit
einem kleinen Luftschnappen stellte sie fest, daß es nur
dumpfe Gefühle waren, die da von fern wieder wach
wurden, obwohl sie doch genau wußte, was ihr in der
Nacht zugefügt worden war. Wieso spürte sie das und
die damit verbundene Demütigung nicht heftiger? Wieso sagte sie sich beim Anblick des blauen Himmels, der
in ihrem Fenster stand, sofort: Den schaff ich, mit dem
komm ich zurecht?
Sie murmelte etwas von Kopfschmerzen, und das freund-
liche Ehepaar war beruhigt. Beide hatten schlecht geschlafen und waren daher bereit zu jedem Verständnis,
das auch ihnen zugute kommen konnte. Heimlich faßte
sie sich unter dem Tisch zwischen die Beine und ließ die
Hand eine Weile dort liegen.
Als die beiden sie um ihre Adresse baten – man versprach, Fotos zu schicken –, konnte sie kaum die Tränen
zurückhalten. Wenig später, beim Abschiednehmen, gelang ihr dann sogar ein kleines Lächeln, das noch in ihrem Gesicht war, als sie den beiden nachblickte, wie sie
mit ihren Badesachen zum Strand hinunterzogen.
Die Zeit bis zum Flughafenbus war nur noch kurz, aber
doch lang genug, um genutzt werden zu wollen. Sie war
dazu nicht imstande. Sie packte ihre Reisetasche und
saß daraufhin noch eine Stunde in der Hotelhalle, als
würde sie diese Tasche bewachen. Sie saß da und sah,

wie sich das wandernde Licht auf einer der Taschen-
schließen fing, zu einem kleinen, aber blendenden Vier-
eck aufleuchtete, minutenlang, und sie dann – so kam
es ihr vor – verließ. Sie hatte sich schließlich aus einem
Ständer einen Prospekt herausgezogen, der ihr Exkur-
sionen zu den Sehenswürdigkeiten der Insel anbot und
den sie nun wohl schon zum dritten Mal durchblätterte
und dann endlich sinken ließ.

Sie holte tief Luft und fuhr sich mit beiden Händen
über das Gesicht. Ja, Hände und Gesicht waren einander vertraut und kosteten diese Vertrautheit auch vorsichtig aus, wobei abwechselnd Mittel- und Ringfinger
und Handballen auf den Augen lagen. Sie hatte sich ver-
loren, und sie hatte sich vielleicht wiedergefunden.

Eine Hand hatte sich sanft auf ihre Schulter gelegt: Können wir etwas für Sie tun, können wir Ihnen helfen? Sie
blickte in das Gesicht eines jungen Mädchens, das zum
Hotel gehörte, wo es für die deutschsprachigen Gäste
zuständig war. Ihr Flughafenbus ist da, kommen Sie.

Am liebsten hätte sie dem jungen Mädchen jetzt gesagt,
es ist nicht so, nein, so ist es nicht, und dazu alles er-
klärt, was da auf dem Friedhof begonnen hatte.

Oder schon im Bus, damals, dachte sie, nachdem ihre
Reisetasche verstaut war und sie auf der Bank gleich
hinter dem Fahrer ihren Platz gefunden hatte.

Der Bus war, auf dem Weg zu dem unerwartet großen
Flughafen, an einer Kreuzung aufgehalten worden: ein
offener Landrover stand nahezu quer auf der Kreuzung,
offensichtlich mit abgestorbenem Motor. Ein, zwei Minuten hatte es gedauert, bis er wieder ansprang. Sie

hatte eigentlich nur aus dem Fenster gestarrt, irgendwohin, aber da sie ja gleich hinter dem Busfahrer saß,
war es klar, daß auch sie sah, was sie da aufhielt, und daß
sie sofort erkannte, wer der Fahrer war. Mit rotem Kopf
saß er da in seinem Mietauto und versuchte, allein zu-
rechtzukommen. Sie sah ihn, und sie wurde sofort und
derart heftig von Zorn erfüllt, daß es ihr wie ein ziehen-
der Schmerz das Rückgrat entlangfuhr. In den wenigen
Sekunden, in denen er startete und mit geradezu kräch-
zendem Motor davonfuhr – sie drehte sich um und schaute ihm nach, solange sie nur irgend etwas von diesem
Auto zu sehen glaubte –, wuchs in ihr eine Gewißheit.
Sie hatte den Flug selbst kaum wahrgenommen. Der
Bus, mit dem sie, gleich nachdem sie gelandet waren, in
die Stadt fuhr, mußte an einer der großen Kreuzungen
mühsam über Fußwege und quer über ein paar Quadrat-
meter Blumenrabatten umgeleitet werden. Sie nahm es
als gewonnene Zeit, in der die Gewißheit endgültig wurde. Sie war angekommen.
Zu Hause fuhr sie sofort mit dem Lift nach oben und
fand in ihrer Wohnung alles so vor, wie sie es verlassen
hatte. Sie ging langsam und ohne besonders prüfenden
Blick durch die wenigen Zimmer und fand dann in der
Küche eine überschimmelte Zitrone, die sie offensichtlich vergessen hatte und jetzt mit einem Küchenpapier
in den Abfallkübel beförderte, schwungvoll.
Erst jetzt dachte sie an den Briefkasten. Sie nahm den
kleinen Schlüssel von seinem Haken neben der Garderobe, suchte aus ihrem Kleiderschrank nach einer Jacke
und griff ohne Nachdenken zu einem schwarzen Blazer,
zog ihn über, nahm Postkasten- und Wohnungsschlüs-
sel und ging zum Lift.

Offenbar war er gerade hinuntergefahren, und sie mußte ein, zwei Minuten, die ihr lang vorkamen, warten,
dann fuhr auch sie hinab und holte ihre Post aus dem
Kasten. Die Werbeprospekte warf sie sofort in den dafür
aufgestellten Behälter und hätte am liebsten alles andere, noch bevor sie es untersucht hatte, hinterhergeworfen, schaute dann aber doch flüchtig nach. Es waren die
üblichen Rechnungen, nichts Besonderes, darunter eine
Zahlungsaufforderung der Friedhofsverwaltung und zwei
Postkarten von Kolleginnen, eine von der Algarve und
eine aus – Zakynthos. Tatsächlich, jetzt fiel es ihr wieder
ein, die Kollegin hatte ihr ja schon vor langer Zeit erzählt, daß sie für diese Insel gebucht hatte. Was für ein
Glück, daß sie ihr dort nicht über den Weg gelaufen war:
sie haßte die Vorstellung, im Urlaub bekannten Gesichtern zu begegnen.

Sie ging erst nahezu eine ganze Stunde ziellos durch die
Straßen und beschloß dann – vollkommen gegen ihre
Gewohnheit, aber plötzlich hatte sie das Gefühl, es ihrem Blazer schuldig zu sein –, in dem Lokal an der Stra
ßenecke, das sie ihr Stammlokal hätte nennen können,
wenn sie überhaupt öfter in ein Lokal gegangen wäre,
noch etwas zu trinken und bei der Gelegenheit ihre Post
genauer anzuschauen.

Natürlich kannte man sie dort, auch wenn sie sich länger nicht gezeigt hatte, aber offensichtlich war man
doch etwas überrascht, sie um diese Uhrzeit zu sehen,
knapp vor der Sperrstunde.

Aber man forderte sie auf, sich an einen der wenigen
Tische vor der Theke zu setzen. Alle waren frei, der, den
sie dann wählte, aber am weitesten entfernt von dem
Barhocker, auf dem einer saß, den sie zwar nur aus die

sem Lokal kannte, aber jedesmal von irgendwo anders her zu kennen meinte. Sie bestellte ein Cola Bacardi.

Die wenigen Zeilen hatte sie sofort gelesen. Sie faltete das kleine Blatt zusammen, faltete es wieder auseinander, las noch einmal, faltete es mit aller Sorgfalt wieder zusammen und steckte es in die Jackentasche. Sie schaute vor sich hin, griff in regelmäßigen Abständen zu ihrem Glas, trank. Als der an der Theke sie zu einem Achtel einlud und sie sofort ja sagte, waren alle überrascht, und selbst der Wirt schien im ersten Moment nicht recht zu wissen, ob er das jetzt ernst nehmen sollte. Als er ihr dann das Glas gebracht hatte, hob sie es, sagte Zum Wohl und stand, ohne einen Schluck getrunken zu haben, auf.

Begleiten Sie mich ein Stück?

Sie würde am nächsten Tag zur Arbeit müssen, ins Krankenhaus, aber jetzt war ja schon der nächste Tag, es war nach Mitternacht, und vor wenigen Stunden erst war sie auf dem Flughafen gelandet. Sie fühlte sich gut, war mit sich einverstanden, strich mit der Hand über ihre Hüfte, ehe sie, an der Haupttür ihres Wohnblocks angekommen, bat, sie nunmehr allein zu lassen. Und ganz kurz war sie überwältigt von der Vorstellung, allein gelassen zu werden und auch noch selbst darum gebeten zu haben. Sie verabschiedete sich mit Entschiedenheit und fuhr wieder mit dem Lift nach oben.

Dort angekommen, öffnete sie ihre Wohnungstür und sah mit einem Blick den Zettel, der dort auf dem Boden lag, unter der Tür durchgeschoben. Hatte ihr Anruf aus Zakynthos eine Nummer auf dem Handy hinterlassen?

Die Wohnungstür stand noch immer offen, noch immer starrte sie auf den Zettel, ohne sich gebückt zu haben, und die ganze Zeit wußte sie, was auf diesem Wisch stehen würde, sie hatte die Schrift sofort wiedererkannt. Jetzt zog sie die Tür endgültig hinter sich zu, langsam, aber bestimmt, als habe sie sich an etwas erinnert, holte ihr Notizbuch mit dem Zettel von damals hervor und wählte die Nummer. Er versprach, auf der Stelle zu kommen.

Und er kam. Sie hatte inzwischen alles vorbereitet, alles, und jetzt war er da, und wieder war es eine Sache der Stummheit, der Anziehung und des Willens. Beide sprachen nichts, und das nicht nur, weil die gegenseitige Erkundung ihrer Körper Antwort genug war. Sondern vor allem, weil sie sich gegenseitig so selbstverständlich hilfreich waren, gleichsam mit dem größten Vergnügen; nein, nicht nur gleichsam: tatsächlich mit dem größten Vergnügen. Sie waren in solcher Geschwindigkeit nackt voreinander gewesen, daß keiner von beiden zu sagen gewußt hätte, wer wem was vom Leib gebracht hatte. Ihre Kleidungsstücke lagen jetzt nicht nur irgendwo, sondern aufs wunderlichste über- und ineinander verschoben, in den zufälligsten, auch im Dunkeln immer anmutigsten Falten und Formen, Figuren und Düften. Alles mischte sich, hob sich gegenseitig, sorgte sich füreinander.

In all das schöne Zufassen hinein, in die erwarteten Einfälle, den zielgerichteten Zuspruch, das Aufbäumen traf mit einer einzigen schwingenden Bewegung die vorbereitete Spritze.

Sie ging nicht zur Arbeit am nächsten Morgen. Sie ging früh aus dem Haus, sah hinauf zum Himmel und fand ihn sehr blau mit wenigen weißen Wolken, die aussahen wie gezupfte Wattebäusche.

Sie wanderte zur großen Kirche der Stadt, zum ersten Mal seit Jahren. Geschlafen hatte sie nicht, gegessen hatte sie auch nicht, und sie hatte nichts bereut. Sie saß schräg gegenüber in einer Cafeteria, bis die Kirche geöffnet wurde, und auch dann wartete sie noch eine Viertelstunde.

Die Kirche war vollkommen leer. Schwere Schatten durchquerten den Raum, und nur mit Mühe konnten die hohen Pilaster zeigen, wo alles am Ende hinsollte. Sie saß dort in einer der hinteren Reihen, schaute nach vorn ins Halbdunkel des Altarraums und vermeinte, eine Schwarzweißaufnahme Gottes vor sich zu haben. Sie zitterte.

Dichten

Der Himmel verdunkelte. Die Welt darunter wehrte sich dagegen, und das, wie immer, mit Erfolg: Millionen von Schaltern wurden zur gegebenen Zeit gekippt, gedreht, gedrückt oder geschoben, und überall leuchteten Lichter auf. Die graue Stunde wurde zur blauen, Millionen und mehr helle Punkte verwandelten die Erde in ein Netz von Gegenwärtigkeit und Aufmerksamkeit, in den Dörfern mehr als entlang der Straßen, in den Städten mehr als in den Dörfern und in den wirklich großen Städten noch ungleich mehr als in jenen, wo du und ich und überhaupt die meisten wohnen. Aber auch dort sind natürlich nicht alle gleich erleuchtet, neinnein, wie denn auch, je näher man kommt, um so deutlicher werden die Unterschiede.

Das Haus steht in einer Reihe mit sechs, sieben weiteren, ähnlichen. Der erste Stock scheint, wie so oft, eine Wiederholung des Parterres ohne Eingang, hier aber mit dem Unterschied, daß der Erker auf der Rückseite des Hauses im ersten Stock nur noch ein leichter hölzerner Aufbau ist, ein kleiner luftiger Vorbau, ein Cockpit, wenn man so will.

Wenn man so will – der, der jetzt (und jetzt ist nun schon lang nicht mehr die blaue Stunde, vielmehr womöglich schon die zweite Stunde danach) dort auf und ab geht, will sicher etwas vollkommen anderes und ahnt dabei nicht einmal, wie nahe solche Wortfindungsüberlegungen dem sind, was ihn beschäftigt oder umtreibt, wenn man so will.

Nun, auf und ab war jetzt vielleicht nicht ganz der richtige Ausdruck, auch sieht es nicht so aus, als ob hin und her hier die richtigere Lösung wäre; kreuz und quer, das ist vielleicht das Richtigste, oder sollte man doch sagen: durch und durch?

Verlieren wir uns nicht. Verlieren wir vor allem nicht aus den Augen, weswegen wir diesen Altan, diese wintergartenähnliche geschlossene Loggia, diese hölzerne Fast-Wiederholung der unter ihr liegenden Parterre-Architektur überhaupt so durchdringend im Visier haben: doch wohl wegen des in ihr so oder so Herumgehenden, na bitte. Drum also nun zu ihm.

Nun zu ihm – das ist leichter gesagt als getan, geschweige denn geschrieben: womit wir bei genau dem Problem wären, das Felix Koch-Glitsch (so tatsächlich der Name unseres Helden) seit nun fast sechs Monaten quält: Er will schreiben, und er kann nicht, das wenigstens ist leicht gesagt. Er will noch einmal (denkt er jetzt) das Vergnügen des Schreibens haben, aber es will ihm um nichts in der Welt etwas einfallen, das dieses Aufschreiben wert wäre. Irgend etwas? Nein. Nicht irgend etwas. Diese Einstellung ehrt ihn natürlich, aber was hilft ihm da Ehre? Fragen über Fragen.

Das Zimmer, in dem er derzeit unterwegs ist – *sein* Zimmer, wohlgemerkt –, hat jenen Kampf um das allgemeine Dunkelwerden auf seine Art gewonnen: die Kontrollampen des Computers, grüne und rote Lichtpunkte, zeigen sich zwar nur dem Aufmerksamen, obwohl der Schirm auf dunkel gestellt ist; die Stehlampe jedoch leuchtet auf ein erwartungsvoll unbesetztes Eck im Sofa, und die Schreibtischlampe – nun, die Schreibtischlampe (ein schwarzschirmiges Modell aus den zwanziger Jahren übrigens) beleuchtet den PC und also gleichsam das unbeschriebene weiße Blatt ebenso wie die Flasche und das Glas und ein angebissenes Käsebrot (das nebenbei seinen Biß schon vor längerem erfahren haben muß).

Wir lenken ab? Wir lenken ab. Aber das tut doch wohl nahezu alles, was nicht erfolgreich der Sache selber dient: das Käsebrot, das Auf-und-ab-Marschieren, die allgemeine Verdunkelung. Das Warten. Von Glas und Flasche nicht zu reden, oder?

Koch-Glitsch greift zum Glas, sieht, daß es leer ist, greift zur Flasche, füllt wieder auf das Glas, stellt ab die Flasche, hebt das Glas, merkt, was für ein Getue in fremden Diensten all das ist, stellt wieder ab das Glas, greift es aufs neue, trinkt und stellt das Glas dann irgendwo hin, sinnt, weiß nicht weiter, geht wieder, diesmal aber zur Tür, die er öffnet, lauschend, wieder schließt und an die er sich endlich lehnt. Atmend, aber nicht aufatmend. Sein Blick geht auf den Rauschengel, der nur scheinbar auch aus sich selbst heraus leuchtet, in Wahrheit aber auf seinem glänzenden Papierkleid nur die Reflexe all der in dem Raum vazierenden Helligkeiten sammelt. Er schaut den Engel an und dieser ihn. Das dauert, ein, zwei Gläser.

Ihm war das Schreiben ja noch nie leichtgefallen, und natürlich hatte er bald begreifen müssen, daß er sich damit allein noch nichts verdient hatte. Aber es fiel ihm daraufhin schwer, diese Einfallslosigkeit nicht als Strafe zu erleben, und wenn schon nicht als Strafe, dann doch als Mißachtung, die von etwas ausging, von dem er mehr erwartet hätte, und wenn schon nicht als Mißachtung, dann – und das war doch das Allerschlimmste – als Garnichtwahrgenommenwerden. Als Garnichtexistieren also. Als Nichts.

Schluß, aus. Sich am Silvesterabend derart klein zu machen, hatte natürlich den Vorteil, daß von da an alles nur noch besser werden konnte. Größer jedenfalls. Aber es ging ja nicht um größer, nicht um besser, schöner oder einfach anders: es ging ums Sätzemachenkönnen. Sätze, ja. Sätze von ihm.

Die nicht kamen. Die sich – er hatte seine Wanderung längst wieder aufgenommen – einfach nicht einstellen wollten. Dann eben nicht, dachte er – und für Sekunden sah das nach Triumph aus, aber eben nur für Sekunden –, dann eben, dachte er nun – und das war Niederlage und Bekenntnis zu sich selbst zugleich.

Zu sich selbst: wo sollte das denn sein? Und wer, wer oder was, war das, der oder das ihm da jetzt gegenüberstand? So rauschhaft riesig, streng und gütig?

Sie – wenn es denn eine Sie war – sah ein wenig aus wie die Königin der Niederlande, wenn sie, er oder es denn überhaupt wie irgend etwas aussehen mußte, ein wenig aber auch wie Dürers Melancolia, fand er, rein äußerlich gesehen.

So dachte er, verwirrt, verdutzt und zugleich, d. h. im selben Moment, auch erwartungsvoll wie das noch immer unbesetzte Sofaeck. Sollte ihm jemand hier wirklich nur Wünsche fürs neue Jahr entbieten wollen? Ach was. Wohl kaum. Und da hörte er auch schon eine Stimme, die die ganze Süße der vergangenen Jahre, aber auch deren Bitternis in Rauheit und tiefem Ton aufzulösen schien, ihm sagen: „Koch. Was du zuletzt zusammengerührt hast – vergiß es. Es ist nichts und kann auch nicht verbessert werden. Und vergiß auch dich: auch du bist nichts und kannst nicht verbessert werden. Aber, weil es nicht um dich geht, macht das nichts. Das Drama – und es ist ja eines – des FKG interessiert überhaupt nicht und niemanden, kann also ebenfalls getrost vergessen werden. Hör auf, hier herumzurennen, das ist nicht gut, nicht fürs Gemüt und nicht für die Sätze, an denen dir etwas liegt. Schmeiß dich raus, und wenn's sein muß mit Fußtritt, und dann betritt die Szene aufs neue, ohne dich. Willkommen, Koch, werden wir dann sagen, und Lieblicheres wirst du nie gehört haben, willkommen, willkommen, du bist, Koch-Glitsch, der unsre, ein Dichter, ein Feldherr des Worts, Sprechmeister und bald auch ein solcher des Schreibens."

Was hätte Felix Erfreulicheres hören können, zumal an einem Silvesterabend. So nahm er sich denn vor, sich nicht mehr vorzunehmen, als was ihm da versprochen wurde, und auf der Stelle versuchte er, sich aus sich selbst hinauszuschmeißen.

Dem kam entgegen, daß es jetzt – die Mitternacht war nah – geräuschlich zunehmend ein Getöse wurde, das neue Jahr wollte offenbar auf keinen Fall versäumt werden. Er mußte sich schließlich erst in eine Art Klumpen komprimieren, was erwartungsgemäß nicht einfach war, dann, was noch schwerer sich gestaltete, eben diesen Klumpen hinausbefördern und schließlich, was das Allerschwerste war, mit der nun verbliebenen Hohlform sich anfreunden. Jawohl.

Und das gelang. So einfach muß das hier notiert werden. Koch-Glitsch hörte auf, im Zimmer hin und her, geschweige denn auf und ab zu gehen: er verhielt, krümmte sein eines Bein, winkelte den Fuß und – war sich los. Schon das sich nun spontan einstellende Gefühl unendlicher Erleichterung war – schien ihm nun, am Ende dieses schweren Jahres – den ganzen Aufwand wert gewesen. Wie würde es wohl im nächsten Jahr um dieselbe Zeit um ihn stehen? Und er nahm ein Blatt Papier, nahm schauernd einen Bleistift und notierte:

„31. 12. Wunderliche Begegnung. Ein Rauschen wie von Flügeln. Ein Vorwärtsdrängen, eine Aussicht. Da, da. Ich ohne mich: Felix Helix. Der Rest ist eigen." Ein Anfang, immerhin. Und als sich später dann die Dunkelheit ganz allmählich wieder zurückzuziehen begann und das graue Licht des ersten Tages im neugewonnenen Jahr ganz anders als im alten blaute und sich im Zimmer verbreitete, da schien es auch in das Gesicht des Dichters Koch, und es kann gar kein Zweifel bestehen, daß dieses Licht zur gleichen Zeit in sehr viel unerfreulichere Gesichter zu scheinen hatte.

Jochen Jung im Haymon-Verlag

EIN DUNKELBLAUER SCHUHKARTON
Hundert Märchen und mehr

13 x 21 cm, Hardcover mit Schutzumschlag, 96 Seiten
ISBN 3-85218-332-4

Mal poetisch, mal witzig und ironisch, sind Jochen
Jungs „Märchen" von einer ansteckenden Fabulier-
freude geprägt, die oft vordergründig Harmloses
als Bitterböses entlarvt, immer aber Dinge und
Menschen in ihrer oft verborgenen Wirklichkeit
darzustellen vermag.

„Die wohltemperierte Unterhaltsamkeit liegt in der
Vielfalt der Themen und Tonarten und in der Frage,
was dem Autor zu den jeweiligen Titeln eingefallen
sein mag: Darin vor allem besteht die Haupt-
attraktion." *(Marion Löhndorf, NZZ)*

„Was hier in wenigen Zeilen zusammenfindet, ist mehr
als anderswo in ganzen Büchern. Jungs Sätze vermögen
Denkmaschinen in Gang zu bringen. Wenn sie es
wollen, die Leser." *(Silvia Hess, Aargauer Zeitung)*

„Jochen Jungs Schuhkarton enthält jedenfalls mehr
Zauber als alle Harry-Potter-Säulen dieser Tage."
(Dieter Hildebrandt, Die Zeit)